Friedrich

Die Colonie

Erster Band

SALZWASSER
VERLAG

Friedrich Gerstäcker

Die Colonie

Erster Band

Unveränderter Nachdruck der Originalausgabe von 1864.

1. Auflage 2022 | ISBN: 978-3-75259-732-5

Verlag: Salzwasser Verlag GmbH, Zeilweg 44, 60439 Frankfurt, Deutschland
Vertretungsberechtigt: E. Roepke, Zeilweg 44, 60439 Frankfurt, Deutschland
Druck: Books on Demand GmbH, In de Tarpen 42, 22848 Norderstedt, Deutschland

Die Colonie.

Erster Band.

Die Colonie.

Brasilianisches Lebensbild

von

Friedrich Gerstäcker.

Erster Band.

Leipzig,

1864.

Inhalts-Verzeichniss.

1.

Die Colonie Santa Clara.

Von Osten her strich die frische Seebrise über das weite, wellenförmige Land, schaukelte die einzelnen Palmen, die auf der Lichtung standen, und schüttelte von den Orangenbäumen nicht allein die überreifen Früchte, sondern auch manche Blüthe herab, unter der sich schon wieder die junge Frucht gebildet hatte. Ein würziger Duft wehte dabei über den ganzen Bergeshang, der sich hie gerade und neben einer kleinen, freundlichen Wohnung oder Chagra dem Thale zu öffnete, und zwei Reiter, die den schmalen Waldweg herüber gekommen waren, hielten überrascht ihre Pferde an, als sie das entzückende Bild erblickten, das sich unter ihnen ausbreitete.

Dicht vor ihnen, und durch die reine Luft nur noch viel näher gerückt, als es in der That lag, füllte ein kleines Städtchen — die deutsche Colonie Santa Clara — den ebenen Theil des nicht breiten Thales aus, der vollkommen gelichtet war, und nach allen Richtungen hin, wie durch Adern, von schmalen, gelben Wegen durchschnitten wurde, während die Häuser, wohl in Straßen ausgelegt, aber doch noch einzeln aufgebaut, über die ganze Fläche hin zerstreut standen. Mit ihren lichten Farben und rothen, meist neuen Ziegeldächern stachen sie aber um so lebendiger von dem saftigen Grün ab, das die sie umschließenden Gebüsche trugen, während in der Ferne, nach Süd, Süd-Ost und Osten, drei scharf abgeschiedene Gebirgsschichten zuerst in dunkelm Grün, dann in blaugrüner Färbung und zuletzt in einem duftigen Lichtblau den Hintergrund bildeten.

Nur nach Süd-West öffnete sich die sonst vollkommene Gebirgslandschaft ein wenig, und eben genug, um in blauer Ferne das Meer mit seinem scharf abgegränzten Horizonte zu zeigen, und man erkannte, selbst von hier aus, deutlich, wie die verschiedenen Gebirgshänge, je mehr sie sich dem Seestrande näherten, niedriger wurden. Nur die gelben Sanddünen des Strandes selber ließen sich nicht erkennen, denn an den abschüssigen Hängen war noch Nichts gelichtet, und nur die weiten Umrisse der höheren Partien schloß der Wald in seinen grünen Rahmen.

Wieder und wieder flog der Blick der beiden Reiter aber zu der kleinen Ansiedlung zurück, die auch zu gleicher Zeit ihr heutiges Ziel bildete, und während in dem Walde selber die tropische Vegetation von dem weit stärkeren Laubholze verdeckt oder überschattet wurde, konnte ihnen nicht entgehen, wie gerade nahe bei den Häusern der tropische Charakter der Landschaft sorgfältig gewahrt und erhalten war.

Die deutschen Einwanderer hatten nämlich, als sie den Wald in offenes Feld verwandelten, daheim schon zu viel von den „wehenden Palmen Brasiliens" gehört, und hier und da auch wohl in ihrer Art davon geschwärmt — denn der Bauer ist nie Phantast — um jetzt gleich die Axt an die ersten zu legen, die ihnen in den Weg traten. Wo sie ihr Haus aufrichteten oder ihren Garten umzäunten, ließen sie manche von diesen stehen, und hier und da bequemte sich auch wohl ein Einzelner, selbst in seinem Felde um die Wurzeln derselben herumzupflügen, nur um von seinem Fenster aus die stattlichen, schlanken Stämme sehen zu können.

Reizend gelegen war selbst die kleine Chagra*), vor der sie hielten, und eine schönere Fernsicht hätte der Eigenthümer wohl kaum in der ganzen Nachbarschaft finden können. Ebenso hatte er sein kleines Häuschen mit Geschmack gebaut, so einfach es auch sonst sein mochte, und der Platz schien nach Allem, was man auf den ersten Blick davon sehen konnte, neu eingerichtet und gelichtet, hätten dem nicht wieder die stattlichen Pinien und Orangenbäume widersprochen, welche das Haus umstanden, und mit drei oder vier stämmigen Palmen eine Gruppe bildeten, wie man sie sich kaum pittoresker denken kann.

Den beiden Fremden war dies ebenfalls nicht entgangen, und besonders der jüngere von ihnen, der vielleicht dreißig bis zweiunddreißig Jahre zählen mochte, überschaute mit innigem Behagen den kleinen Platz, der sich wie ein Bild unter seinem grünen Blätterschmucke zeigte.

---

*) Chagra ist in Brasilien das Nämliche, was der Landmann in Nordamerika unter dem Worte Farm versteht — ein kleines „Landgut", oder eine „Colonie", ob es nun eben erst unter den Waldbäumen begonnen ist, oder schon seine weiten und bebauten Felder nach allen Seiten ausbreitet.

Der Fremde ritt einen grauen, prächtigen Hengst mit einem ganz eigenthümlichen, fremden Sattelzeuge, das mit seiner ganzen Form und einer Menge rohgearbeiteter Silberplatten, wie einer Anzahl kleiner silberner Schnallen und Troddeln und Quasten von ungegerbter, aber außerordentlich künstlich geflochtener Rohhaut mexicanischen, vielleicht sogar indianischen Ursprungs zu sein schien. Sonst aber ging er sehr einfach, doch für den Wald praktisch gekleidet. Der Wärme wegen hatte er ein ledernes, ausgefranztes Jagdhemd, wie es in den nordamerikanischen Wäldern Sitte ist, vorn über seinen Sattel geworfen, auf dem jetzt querüber eine sauber gearbeitete, aber ebenfalls einfache Büchsflinte ruhte. Er trug nur ein roth und grau gestreiftes wollenes Hemd, dunkle Beinkleider, von einem breiten Ledergurt gehalten, an dem ein breites, schweres Jagdmesser hing, hohe Wasserstiefel, einen braunen Strohhut auf dem Kopfe und eine alte lederne Kugeltasche an der rechten Seite.

Seine Sporen waren ebenfalls klein und von dunkler Bronze, und am Sattelgurt festgeschnürt, aber hinten am Sattel zusammengerollt und mit einer Schleife eingehakt, hing ein dünner, doch stark gedrehter Lasso aus roher Haut.

Der Fremde sah keinesfalls wie ein Neuling im Walde aus, und die sonnverbrannte Farbe seiner Züge, aus denen ein paar große, blaue Augen treuherzig hervorschauten, verrieth ihn ebenfalls als den Nordländer, der vielleicht, wie Tausende seiner Landsleute, Brasilien zu seiner neuen Heimath gewählt.

Sein Begleiter, der etwa sechs Jahre mehr zählen mochte als er, bewegte sich trotzdem eben so frei im Sattel, verrieth aber in diesen Bewegungen, als auch noch zum Ueberflusse durch den Schnitt seines wohlgepflegten Bartes, den früheren Soldaten. Die enge Uniform hatte er freilich lange bei Seite geworfen und dafür den leichten Rock und breiträndigen Panamahut angenommen. Außerdem schien er sich den brasilianischen Sitten noch entschiedener durch ein Paar riesige brasilianische Sporen von echtem Silber angepaßt zu haben, und auch das Kopf- und Zaumzeug seines Pferdes trug, wo es nur möglich war sie anzubringen, silberne Spangen und Schnallen. Seine Kleidung indessen, obgleich von feinem Tuche und modernem Schnitte, war durch den Busch und langen Ritt arg mitgenommen. Man sah ihm an, daß er schon eine gute Weile unterwegs sein müsse, und die ledernen Leggins, mit denen er den untern Theil der Beine bedeckt hatte, zeigten die im Walde geholten Spuren von Dorn und Ranken.

Sein Blick haftete gegenwärtig aber fast ausschließlich auf der Ansiedlung und den Berghängen voraus, während sein Begleiter sich weit mehr durch das Wohnliche des Bauernhauses gefesselt und angezogen fühlte.

„Sehen Sie nur, Günther, was für ein reizendes Plätzchen das hier ist," wandte sich in diesem Augenblicke der Jüngere der Beiden an den Freund, „wie malerisch diese dunkeln Pinien — vielleicht unbewußt — mit dem lichten Grün der Palmenwipfel gruppirt sind, und wie ganz eigenthümlich der goldgesprenkelte Orangenhain das Ganze wie ein künstlich gewobenes Netz umschließt. „Eine Hütte und ihr Herz," wie das alte Sprüchwort lautet, und wenn es das richtige Herz wäre, glaub' ich selber, daß ich es in einer solchen Hütte aushalten könnte."

„Und auf wie lange?" lachte sein älterer Gefährte, indem er mit den Augen dem ausgestreckten Arme des Freundes folgte; „Sie unsteten Menschen möchte ich wirklich einmal, und selbst in eine solche Hütte gebannt sehen — noch dazu in einer Gegend, in der es nicht einmal Wild zum Jagen giebt."

„Das wäre freilich fatal," erwiederte der Andere, „und daran dachte ich im ersten Augenblicke nicht. Aber hab' ich trotzdem nicht Recht? Kann man sich ein freundlicheres Plätzchen auf der Welt denken?"

„Nein — in der That — in Brasilien wenigstens nicht," erwiederte der Freund, den er mit „Günther" angeredet hatte; „mit meinem Thüringen daheim möchte ich's freilich immer nicht vertauschen. Es giebt doch nur ein Deutschland."

„Haben Sie das Heimweh, Günther?" sagte sein Kamerad lächelnd.

„Und wenn ich's hätte, wär's ein Wunder?" fragte Günther leise; „wie lange schon führ' ich dieses unstete wilde Leben jetzt? Wie lange schon treib' ich mich heimathlos im Walde umher, während daheim — doch wir wollen uns den schönen Tag nicht mit solchen Gedanken verbittern, Freund — die Heimath hat doch keiner von uns vergessen."

Sein Begleiter nickte nur schweigend mit dem Kopfe, und auch seine Gedauken schienen in dem Augenblicke weit, weit zurück zu schweifen, zu ganz anderen Scenen und Ländern, als sich die beiden Freunde plötzlich angerufen hörten. Die Stimme schallte hinter der Gartenhecke vor und rührte von einem jungen Manne, dem Eigenthümer der Chagra, her, den ihnen das Grün der Hecke bis jetzt verborgen gehalten.

„Hallo, Fremde!" rief der Mann in deutscher Sprache mit nur einem leichten Anklang niederrheinischen Dialektes; „wollt Ihr nicht ein wenig absteigen und ein Glas Milch trinken? Der Weg ist schlecht, und ein Bißchen Rast kann Euren Pferden nicht schaden, denn 's ist noch eine gute Stunde bis in die Colonie hinunter."

Die beiden Deutschen sahen sich erst erstaunt um, von wo her die Stimme eigentlich komme. Endlich entdeckten sie hinter der Hecke und gerade unter einem blühenden Granatbaume das rothe, freundliche Gesicht eines jungen Mannes, der ihnen erst jetzt, als er ihren Blick auf sich gerichtet fand, sein herzliches „Guten Morgen mit einander!" zurief.

„Guten Morgen, Landsmann," sagte der jüngere Fremde, der ihm zunächst hielt, indem er den Kopf seines Thieres gegen die Hecke drehte, „ich wußte gar nicht, weshalb mein Grauer immer die Ohren spitzte. Also eine Stunde Weges ist's noch hinunter? Es sieht eigentlich von hier oben viel näher aus."

„Ja," lachte der hinter der Hecke, „wenn die Brücke nicht wieder eingebrochen wäre, die der Bleifuß da neulich erst neu gebaut hat, dann wär's auch nicht viel mehr als ein halb Stündchen zu Thal. So aber müßt Ihr hier rechts unter meiner Chagra durch, um der Schlucht aus dem Wege zu gehen, und der Pfad zieht sich mordmäßig in die Länge. Aber steigt ab, das besprechen wir besser im Hause."

„Schon recht," sagte Günther, indem er sich leicht aus dem Sattel schwang; „unseren Packthieren sind wir doch vorausgeritten, und bis die nachkommen, können wir recht gut ein halb Stündchen plaudern."

Sein Gefährte folgte, ohne ein Wort zu erwiedern, dem Beispiele, denn es drängte ihn selber das Innere des Häuschens zu sehen, das schon von außen einen so freundlichen Eindruck auf ihn gemacht. Die beiden Reisenden banden deshalb ihre Pferde außen an der Hecke an die herunterhangenden Aeste eines stattlichen Orangenbaumes, und traten dann in den Garten, wo ihnen der Hausherr, ein junger, prächtig gewachsener Mann mit offenen, ehrlichen Gesichtszügen, blauen

Augen und blonden Haaren, entgegen kam und sie begrüßte.

„Das ist gescheidt,“ sagte er dabei, „Sonntag Morgens habt Ihr so nicht viel in der Colonie zu versäumen und kommt noch zeitig genug zum Mittagessen, wenn Ihr nicht das hier ebenfalls verzehren wollt.“

Er schüttelte dabei den beiden Fremden kräftig die Hand und führte sie dann ohne Weiteres in sein Haus hinein, wo Beide aber unwillkürlich erstaunt und überrascht auf der Schwelle stehen blieben.

Das kleine Zimmer, das sich ihnen öffnete, glänzte von Sauberkeit; der einfache Holztisch war schneeweiß gescheuert, aber nicht weißer als der Fußboden selber, den in der Mitte eine leichtgeflochtene Matte überdeckte. An den Fenstern hingen sogar Gardinen, und ein nett gearbeiteter Nähtisch aus polirtem Holze schien mit diesen, als Luxusmöbel, concurriren zu wollen. Aber die Freunde sahen das Alles weniger, als daß sie es im Eindrucke des Ganzen fühlten, denn Beider Augen hingen in dem ersten Momente an einem wunderbar schönen jungen Weibe, das ein Kind auf dem Schooße hielt und, als die Fremden die Hütte betraten, den kleinen, strampelnden Burschen aufgriff und ihnen mit freundlichem Lächeln entgegentrat.

„Grüß' Gott!" sagte sie herzlich, als sie Beiden nach einander die Hand reichte, „und setzt Euch und macht's Euch bequem — Vater, hast Du denn schon nach den Pferden gesehen?"

„Werd's schon besorgen, Schatz," lachte der Mann, „bring' Du nur einmal ein paar Gläser Milch, denn die beiden Herren werden durstig geworden sein."

„Ja, dann mußt Du indessen den Schlingel da nehmen," sagte die junge Frau, indem sie ihrem Gatten den kleinen unruhigen Burschen so leicht hinüberreichte, als ob er keine zwei Pfund gewogen hätte, wie er sicher zwanzig wog, — „der läßt mir ja sonst nicht Ruh' noch Frieden an den Milchnäpfen."

„Ob er Frieden halten wird?" lachte der Mann, nahm ihr den kleinen Burschen ab, gab ihm ein paar derbe Küsse und setzte ihn sich in den linken Arm. „Und nun thut, als ob Ihr zu Hause wäret," fuhr er dann, indem er sich wieder zur Thür wandte, gegen die Fremden fort; „ich bin gleich wieder da, und zu trinken wird Euch die Trine auch im Augenblick bringen." Die „Trine" war schon lange aus der Thür hinaus, und die beiden Freunde sahen sich im nächsten Momente allein in dem kleinen Raume.

„Ist das nicht ein wahres Madonnengesicht?" brach aber der Jüngere heraus, als der junge Bauer kaum das Zimmer verlassen hatte; „haben Sie je in Ihrem Leben ein Paar solcher Augenbrauen, einen solchen Mund gesehen?"

„Ein wunderhübsches Paar, in der That," erwiederte Günther, der den Blick indessen forschend umherwarf, „und wie nett und sauber sieht's bei ihnen aus! Ja," — fuhr er tief aufseufzend fort, „der hat's gut, und Unsereiner zieht nun so in der Welt umher, sieht die verbotenen Früchte an den Bäumen hangen, wischt sich resignirt den Mund und — wandert eben weiter."

„Ob denn das wirklich Deutsche sind?" sagte sein Freund.

„Was denn sonst? Doch wahrhaftig keine Portugiesen!"

„In meinem Leben habe ich noch keinen ausgewanderten Bauernburschen gesehen," erwiederte der Jüngere, „der ein so ungezwungenes und doch anständiges Benehmen hatte, und die junge Frau würde in einem schweren Seidenstoffe eben so zu Hause sein, wie in ihrem einfachen Kattunröckchen. Aber sie sprechen vollkommen gut Deutsch."

„Er noch dazu mit dem rheinischen, sie etwas mit dem Tyroler Dialekte,“ sagte Günther, „aber da kommt sie zurück. Sie wird uns gleich sagen, wo sie herstammen.“

„So — da bin ich wieder — hat's lang gedauert?“ sagte die junge Frau, als sie mit einem kleinen Präsentirteller in's Zimmer trat; „und nun setzen Sie sich her und langen Sie zu' — 's ist nicht viel, aber wir haben's hier oben noch nicht besser, denn wir sind hier erst seit kaum sechs Monaten auf der Chagra.“

Während sie sprach — und so rasch und gewandt, daß Alles sich fast von selber zu ordnen schien — hatte sie indessen das Mitgebrachte auf dem Tische ausgebreitet, und frische, süße Milch, weißes Brod, Butter und Käse, Alles auf blinkendem Geschirr, lachte den Fremden bald darauf entgegen und lud sie schon selber ein, nur tapfer zuzulangen.

„Und sind Sie erst so kurze Zeit hier oben?“ fragte der ältere Fremde; „die Pinien und Orangen müssen doch schon vor vielen Jahren gepflanzt sein.“

„Das sind sie auch,“ erwiederte der Mann, der in diesem Augenblicke wieder in der Thür erschien und der Frau das Kind entgegen hielt.

„Da, Mutter, nimm den Schlingel," fuhr er dann zu dieser fort; „ob der Bengel wohl Ruhe gegeben hat, bis ich ihn auf den Grauen setzte, und da oben blieb er, bis ich die Thiere gefüttert hatte."

„Aber der Graue ist ein unruhiges Thier," sagte Günther.

„Bah, der hält sich schon fest," lachte der Mann, „ja, was ich sagen wollte, die Chagra habe ich erst kürzlich gekauft, und zwar von einem Deutschen, der sie so hatte verwildern lassen, daß man die Bäume kaum fand, die darauf standen. Es war ein vornehmer Herr gewesen, der, wie er meinte, hatte brasilianischer „Pflanzer" werden wollen, sich die Sache aber wohl ein Wenig anders und leichter gedacht haben mochte und auch irgendwo anders besser hinpaßte, als hinter Pflug und Egge."

„Und seid Ihr keine Deutsche?" fragte der ältere Fremde.

„Wir? — Nein," lachte der Mann, — „das heißt, ja, wir sind schon Deutsche, aber doch nicht in dem Deutschland drüben geboren, sondern hier in Brasilien. Mein Vater stammt vom Rheine, und der Frau ihr Vater von Innsbruck, die Beide vor etwa dreißig Jahren hier herüber gekommen waren und sich in San Leopoldo niedergelassen hatten."

„Also Brasilianer?" sagte Günther enttäuscht.

„Ah, nein, wir sind schon Deutsche," lachte die Frau gutmüthig, „und halten uns ja auch immer zu Deutschen, wie Ihr seht, denn mit den Bleifüßen ist es doch Nichts, und sie wollen Nichts arbeiten und schaffen."

„Bleifüße — was zum Henker ist das nur?" lachte der eine Fremde; „ein Bleifuß soll ja auch die schlechte Brücke gebaut haben."

„Ih ja," meinte der Mann schmunzelnd, „der Bleifüße giebt's gar viele — eigentlich mehr, als gut ist, und wir nennen besonders die eigentlichen Portugiesen so, die immer herüberkommen und so thun möchten, als ob Brasilien ihnen gehörte. Weshalb sie aber eigentlich so genannt werden, weiß ich selber nicht recht; aber den Namen haben sie, so viel ist sicher, und werden ihn wohl auch behalten. Aber seid Ihr selber erst so kurze Zeit im Lande, daß Ihr noch nicht einmal das Wort Bleifuß gehört habt? Ich dächte doch, das würde häufig genug aller Orten genannt."

„Ich selber bin schon lange im Lande und kenne auch den Namen," lächelte Günther, „aber mein Reisegefährte da ist erst kürzlich aus den

Vereinigten Staaten von Nordamerika nach Rio, und von da zu Pferde hier nach dem Süden gekommen, um sich das Land einmal anzusehen."

„Und was ist Ihr Geschäft? wenn man fragen darf."

„Ich bin Feldmesser," erwiederte Günther, „und von der Regierung hierher beordert, um die Colonien für frisch eintreffende Emigranten auszumessen."

„Das ist gescheidt," sagte der junge Bauer; „an vermessenem Lande fehlt's ewig, und die armen Teufel müssen sich oft Monate lang in den sogenannten Auswanderungs-Häusern herumtreiben, ehe sie eigenen Boden und eine feste Heimath bekommen. Nun, da werden Sie Arbeit genug kriegen, daran fehlt's nicht — aber essen Sie nicht mehr?"

„Wir danken," erwiederte Günther, der bis jetzt mit seinem Gefährten wacker zugelangt, „es hat trefflich geschmeckt und war delicat. Jetzt können wir's schon bis in die Colonie hinunter aushalten."

„Und wollen Sie schon wieder fort?" fragte die Frau freundlich, als die beiden Fremden von ihren Sitzen aufstanden und zu den Hüten griffen — „das war gar ein kurzer Besuch."

„Wenn Sie's erlauben," sagte der jüngere Fremde, „so komme ich schon wieder einmal her. Ich selber habe Nichts zu versäumen und werde mich doch wahrscheinlich ein paar Monate in der Nähe der Colonie herumtreiben. Daß es mir aber hier bei Ihnen *gefällt*, dürfen Sie mir auf mein Wort glauben. Mein Freund ist jedoch mit seiner Zeit gebunden und hat heute noch viel unten mit dem Director zu sprechen. Da draußen sind auch eben unsere Packpferde angekommen, und wir wollen deshalb lieber aufbrechen."

„Apropos," fragte Günther, „was für ein Mann ist der Director eigentlich? Ich habe in den anderen Colonien am Chebaja nicht gerade viel Gutes von ihm gehört."

„Ich weiß nicht," lachte der Mann — „es kommt wohl immer darauf an, wen Ihr fragt. Die Einen schimpfen auf ihn, die Anderen loben ihn, und Allen kann man's eben nicht recht machen auf der Welt. Er ist sehr streng, das ist wahr, und oft auch wohl ein Bißchen eigensinnig. Mit den *armen* Leuten geht er aber gut um und steht ihnen bei."

„Und das ist die Hauptsache," rief Günther — „nun, ich werde schon mit ihm fertig werden — also, herzlichen Dank für die Aufnahme. Wenn ich's einmal wieder gut machen kann, stehe ich zu Diensten!"

„Das mag vielleicht rascher geschehen, als Sie denken," lachte der junge Bauer, „denn unsere Grenzen sind hier alle in Confusion, und ich bin schon lange darum eingekommen, die meinige ebenfalls nachsehen zu lassen. Doch darüber sprechen wir später; ich möchte Sie jetzt nicht länger als nöthig aufhalten, und komme auch vielleicht in diesen Tagen einmal nach der Colonie hinunter."

Damit reichten er und die Frau den Fremden herzlich die Hand zum Abschied. Draußen hielten auch in der That die beiden eingeborenen Diener der Freunde, ein paar braune, rauh genug aussehende Burschen, mit drei Lastpferden, wovon zwei dem Vermesser, eins aber seinem Freunde gehörte, und gleich darauf trabte die kleine Cavalcade, welcher der junge Bauer erst noch den Weg um seine Chagra herum zeigte, diesen thalein.

Und doch war es ein wundervoller Pfad, der sie hier in die Niederung hinabführte, denn gerade an diesem Berghange zeigte sich die schon fast tropische Vegetation des Landes in ihrer ganzen Pracht und Herrlichkeit. Der Baumwuchs war allerdings lange nicht so mächtig, wie in den nördlicher gelegenen Theilen Brasiliens, aber das üppige Unterholz mit seinen zierlichen Farnpalmen und Fächern, mit seinen Lianen und Ranken bildete überall, wo es dem Blicke erlaube, einzudringen, die reizendsten Gruppen und Festons, aus denen sich die grünen, schlanken Schäfte verschiedener wilder Palmenarten keck emporhoben.

Hier und da, wo eine eingerissene Schlucht oder ein breiteres Bachbett den Blick in die Tiefe gestattete, zeigte sich dann die kleine Niederlassung im Thale mit ihren lichten Gebäuden und hellgrünen Rasenflecken, durch welche die gelben Wege wie Fäden liefen, immer in verschiedener Form und Beleuchtung, aber immer freundlich, so daß die Reiter ihre Thiere oft anhielten und ein paar Secunden schweigend auf das unter ihnen ausgebreitete Bild hinabblickten.

Da hier der Weg aber zu schmal war, oder der Regen doch in den Boden an den verschiedensten Stellen Einrisse gemacht hatte, mußten sie ihre Pferde hinter einander halten, und dadurch war die Conversation gestört. Erst weiter unten, auf der letzten Abdachung angelangt, bog der Beipfad wieder in den durch die eingefallene Brücke unterbrochenen Hauptweg ein, und jetzt hatten sie die eigentliche Colonie Santa Clara auch bald erreicht, deren Ausläufer in kleinen, allein stehenden Ansiedelungen schon bis hier herauf reichten.

„Der Platz liegt wirklich allerliebst," sagte Günther, der bis jetzt vorangeritten war, indem er sein Pferd anhielt, um wieder neben dem Freunde zu bleiben.

„Was die Scenerie betrifft, ja," erwiederte dieser, „aber der Boden scheint mir hier nicht besonders, und der Mais da drüben in dem Felde steht dünn und mager genug — wenigstens magerer, als ich es bis jetzt gewohnt bin zu sehen."

„Das bessere Land wird weiter zurück in der Ebene liegen," meinte Günther, „jedenfalls hat der Ort nicht weit zur See, und das ist schon immer ein enormer Vortheil für eine Colonie."

„Wenn der Hafenplatz gut ist, ja; und wohin wollen wir jetzt zunächst?"

„Direct zum Director," lachte Günther, „der wird uns dann schon die beste Auskunft geben, wo wir übernachten können. Wir müssen nun im nächsten Hause seine Wohnung erfragen."

„Das ist nicht nöthig," meinte sein Freund — „das Haus da drüben, wo die deutsche Fahne weht, ist jedenfalls das Wirthshaus, und das g rößere Gebäude daneben eben so sicher die Kirche,

— wo baute der Deutsche nicht Eins neben das Andere? Außerdem steht aber dort nach Süden nur noch ein sehr großes Haus mit einer neuen Umzäunung, und dort hat natürlich auch der Director seinen Aufenthalt. Wir wollen ruhig darauf zureiten."

„Sie können Recht haben," lachte Günther, „aber vielleicht wohnt er doch da drüben in dem kleinen allerliebsten Gebäude, wo die vielen Orangenbäume stehen. Den Platz hätte ich mir jedenfalls zu meiner Wohnung ausgesucht."

„Das ist sicher die Pfarrwohnung," versicherte aber sein Kamerad; „sehen Sie nicht den breiten, betretenen Pfad, der von dort zur Kirche niederführt. Ich glaube kaum, daß der Director alle die Fährten nach der Kirche in den Sand eingedrückt hat. Folgen Sie mir nur; ich führe Sie den richtigen Weg." Und ohne weiter eine Antwort abzuwarten, gab er seinem Pferde leicht die Sporen und sprengte, von Günther jetzt dicht gefolgt, dem vorher bezeichneten Hause zu, vor dessen Thür er anhielt und ohne Weiteres aus dem Sattel sprang.

2.

Der Director.

Gerade als Günther an seines Gefährten Seite hielt und seinem Beispiele folgte, trat eine Erscheinung aus dem Hause, die beide junge Leute hier, mitten im brasilianischen Walde, wohl kaum vermuthet hatten, und die sie deshalb um so mehr überraschte; — eine Dame in vollem europäischen Putze, mit einem grün und schwarz groß carrirten Seidenkleide, sehr bedeutender Crinoline und überhaupt allem dazu Nöthigen und Gehörigen versehen, die mit sehr stolzer, fast majestätischer Haltung aus der Thür rauschte, einen Augenblick erstaunt die Fremden betrachtete und dann, mit einem leichten, kaum bemerkbaren Kopfnicken ihre Begrüßung erwiedernd, vorbei und in die kleine Stadt hinein schwebte.

„Alle Teufel,“ murmelte der Jüngere der Beiden halblaut vor sich hin, als die Dame außer Hörweite war, „von allen Dingen auf der Welt hätte ich eine Crinoline hier am Allerwenigsten erwartet. Das muß die Frau oder eine Verwandte des Directors sein, denn nach einer Colonisten-Frau sieht sie doch nicht aus. Es thut den Augen aber ordentlich wohl, nach einem Stücke wilden Lebens wieder einmal auf eine so breite Fährte der Civilisation zu kommen. Diesen Anzeichen nach giebt es also hier auch jedenfalls eine haute volée; unser rauher Waldanzug schien der Dame nicht besonders zu behagen, denn sie grüßte nur sehr vornehm und nachlässig.“

„Nun, wir werden ja bald erfahren, mit wem wir es hier zu thun bekommen,“ sagte Günther. „Jedenfalls müssen wir jetzt erst erfragen, ob hier der Director wirklich wohnt, und wenn so, ob er zu Hause ist. — He, Landsmann,“ wandte er sich dann an einen Colonisten, dessen Aeußeres, mit dem langen blauen Rocke und schmalen Kragen, dem ausgeschweiften Hute und dem Gesangbuche unter dem Arme, über sein Vaterland keinen Zweifel gestattete — „ist das die Wohnung des Directors?“

„Guten Morgen mit einander,“ erwiederte der Gefragte, der sich dabei die Fremden von Kopf bis zu Fuß betrachtete — „ja wohl, der Herr Director wohnt hier — er ist oben in seiner Stube — wollen Sie was?“

„Danke schön; ja, wir wollen ihn sprechen.“

„Gehen Sie nur hinauf; er ist oben allein, aber — nicht gerade guter Laune. Sie kommen wohl weit her?“

„Nicht sehr.“

„Und wollen Sie hier in der Colonie bleiben?“

„Uns wenigstens den Platz erst einmal ansehen,“ sagte Günther, nicht gesonnen, sich hier vor der Thür in eine lange Unterredung einzulassen. Sein Freund hatte das Haus schon betreten, und Beide schritten jetzt die Treppe langsam hinauf. Auf der Treppe oben blieb der Jüngere plötzlich stehen und sagte:

„Kamerad, ich habe mir die Sache überlegt; ich werde jetzt *nicht* mit hineingehen. Wenn der Herr Director übler Laune sind, möchte ich ihm nicht gern in den Weg treten, denn ich *will* Nichts von ihm, und gedenke mich deshalb auch nicht seiner übeln Laune auszusetzen. *Sie* haben *Geschäfte* mit ihm, das ist etwas Anderes; ich werde indessen in's Wirthshaus gehen und Sie dort erwarten. Machen Sie Ihre Sachen so rasch ab, wie Sie können.“ — Damit wollte er ohne

Weiteres umdrehen und wieder hinabsteigen, Günther aber ergriff seinen Arm und sagte:

„Thun Sie mir den Gefallen und bleiben Sie; kommen Sie wenigstens einen Augenblick mit hinein, um Ihren Auftrag auszurichten."

„Auftrag — es ist nur ein Gruß."

„Und wenn auch. Er wird uns nicht gleich beißen, und ich selber habe vor der Hand ebenfalls nur wenige Worte mit ihm zu sprechen, denn unsere Thiere müssen abgepackt und untergebracht werden."

„Meinetwegen," sagte der Freund achselzuckend, „wenn Sie's absolut wollen. Lieber ginge ich freilich in's Wirthshaus."

Wenige Stufen höher standen sie vor der Thür des Directors, die eine daran genagelte einfache Visitenkarte bezeichnete. Die Karte trug auch weiter keine Bezeichnung, als „Ludwig Sarno", nicht einmal der Titel „Director" war beigefügt, und der jüngere Fremde nickte befriedigt mit dem Kopfe. Günther hatte indessen ohne Weiteres an die Thür geklopft, und ein etwas barsches „Herein!" lud sie ein, des Löwen Höhle zu betreten.

Der Director, ein schlanker, aber stattlicher Mann, ebenfalls mit einem militärischen Anstriche, starkem, etwas röthlichem Barte und vollem, locki=

gem Haar, ging mit auf den Rücken gelegten Händen in seinem Arbeitszimmer auf und ab, das sich besonders durch eine Menge von Gefächern mit actenartig in blaues Papier geschlagenen Folioheften auszeichnete. Bei dem Anklopfen hatte er seinen Spaziergang unterbrochen und stand, halb nach der geöffneten Thür gedreht, mitten im Zimmer. Günther ließ ihn aber nicht lange über sich in Zweifel, sondern auf ihn zugehend, sagte er:

„Herr Director, ich bin gezwungen, mich selber bei Ihnen einzuführen. Mein Name ist Günther von Schwartzau, Ingenieur-Officier, und ich bin vom Präsidenten der Provinz hieher beordert, etwa nöthig gewordene Vermessungen vorzunehmen.“

„Etwa *nöthig* gewordene?“ wiederholte der Director, indem er den Fremden erstaunt ansah: „als ob ich nicht den Herrn Präsidenten seit sechs Monaten bei jeder möglichen Gelegenheit mit Eingaben bombardire, daß er *endlich* einmal die seit einem Jahre schon fast dringend nöthigen Vermessungen vornehmen *lasse*! Etwa nöthigen...“

„Es thut mir leid, Herr Director, wenn Sie haben warten müssen,“ sagte Günther ruhig, „aber *meine* Schuld war es nicht; denn vor fünf Tagen erst erhielt ich am Chebaja den Brief des Präsidenten, der mich hieher beordert, und Sie werden mir zugestehen, daß ich von dort aus, bei der Entfernung und den Wegen, wahrlich keine Zeit versäumt habe."

„Der Herr ist Ihr Gehülfe?"

„Bitte um Verzeihung," sagte der Fremde, der indessen mit einem leichten, kaum bemerkbaren Lächeln dem Gespräche gefolgt war — „ich gehöre in das Geschäft gar nicht hinein und muß mich eigentlich als einen Aufdringling betrachten, will Ihre kostbare Zeit auch nicht länger in Anspruch nehmen, als unumgänglich nöthig ist, Ihnen mir aufgetragene und an's Herz gelegte Grüße zu bestellen."

„Grüße? Von wem?" sagte der Director, der indessen die schlanke, edle Gestalt des Fremden mit eben nicht freundlicher werdenden Blicken musterte.

„Vom Hauptmann Könnern."

„Von Hermann Könnern?" rief der Director rasch.

Der Fremde nickte nur langsam mit dem Kopfe.

„Und kennen Sie Könnern persönlich?" fragte der Director eben so eifrig weiter.

„Ziemlich genau," erwiederte der junge Mann; „er ist mein Bruder, und ich heiße Bernard."

„Der sich in Amerika so lange herumgetrieben — der Maler?"

„Derselbe," lächelte der junge Mann.

„Dann sein Sie mir herzlich und viel tausend Mal willkommen," rief Sarno, der in dem Augenblicke ein ganz anderer Mann zu werden schien — „herzlich willkommen!" wiederholte er noch einmal, die gefaßte Hand aus allen Kräften schüttelnd. „Oft haben wir von Ihnen gesprochen — und wie geht es Hermann? — Aber davon nachher — Sie kommen eben von der Reise, und unsere Wege sind nichts weniger als musterhaft; erst müssen Sie sich erholen und eine Erfrischung einnehmen; nachher plaudern wir viel, recht viel mit einander, denn Ihr Bruder ist der beste Freund, den ich auf der Welt habe, und ich muß Alles wissen was ihn angeht."

„Er schrieb mir noch in seinem letzten Briefe, wo ich Sie hier in Brasilien anträfe, den Fuß nicht eher aus dem Bügel zu setzen, bis ich Ihnen die aufgetragenen herzlichen Grüße überbracht — da ich aber nicht gut die Treppe heraufreiten konnte, mußte ich wenigstens vor der Thür absteigen."

„Ihr Pferd steht noch unten?"

„Gesattelt."

„Desto besser, dann legen Sie Alles gleich herein — keine Widerrede; ich schicke gleich Jemanden hinunter, denn leider Gottes habe ich Menschen genug dazu im Hause — Bernard Könnern soll wahrhaftig nicht in Brasilien in einem Wirthshause wohnen, so lange ich selber ein Dach über mir habe, und ein Bett, mit ihm zu theilen.“

„Aber, Herr Director...“

„Kein Wort mehr; ich lasse keine Einrede gelten, wenn ich Ihnen auch keine besondere Bequemlichkeit zu bieten vermag. Sie aber sind ja auch an ein Lagerleben gewöhnt. — Mein lieber Herr von Schwartzau,“ wandte er sich dann an den Ingenieur, „mit großem Vergnügen würde ich auch Sie gern beherbergen, aber überzeugen Sie sich selber, ich habe das ganze Haus voll von Emigranten, und noch dazu fast lauter Kranke, Frauen und Kinder, die ich bei dem ewigen Regen in dem erbärmlichen Auswanderungshause nicht lassen mochte.“

„Mein lieber Herr Director!“ sagte Günther abwehrend.

„Sie können uns aber helfen,“ fuhr der Director fort. „Vermessen Sie uns eine tüchtige Strecke Land, daß ich die armen Einwanderer bald unterbringen kann, und ich habe dann Raum genug in meinem Hause für sechs oder acht Freunde, und vielleicht für mehr."

„Mit Freuden, sobald ich nur erst einmal weiß, wo."

„Das zeige ich Ihnen noch heute Abend, denn wir haben in der That keine Zeit zu verlieren. Ihre Pferde brauchen Sie dabei nicht anzustrengen, ich borge Ihnen von meinen Thieren, und Könnern hier begleitet uns; dann können Sie morgen früh mit Tagesanbruch Ihre Arbeit gleich beginnen. Was Sie von Leuten dazu brauchen, stelle ich Ihnen; ich kenne einige dazu ganz passende junge Burschen, und hätte die Arbeit schon längst selbst gemacht, wenn ich's eben im Stande wäre. Aber sehen Sie selber hier die Actenstöße an — Berichte, Klagen, Eingaben, Zänkereien, Befehle von oben, wovon immer einer dem anderen widerspricht, und Quängeleien, daß sie einen Heiligen manchmal zum Fluchen bringen könnten — und ich bin eben keiner — doch darüber sprechen wir nachher. Und außerdem noch, lieber Schwartzau — Sie waren Officier, nicht wahr?"

„In schweswig-holsteinischen Diensten."

„Aha — die alte Geschichte, mit der sie daheim die besten Kräfte über die Gränze getrieben haben. — Ich muß Sie noch um Entschuldigung bitten, daß mein Empfang gerade kein überfreundlicher war, aber weiß es Gott, sie treiben es hier manchmal, daß es Einem die Galle mit Gewalt in's Blut hineinjagt. Die Frau Gräfin verbessert überhaupt nie meine Laune, wenn sie mich einmal mit ihrem hohen Besuche beehrt."

„Die Frau Gräfin," sagte Könnern, aufmerksam werdend; „war das etwa die Dame, die vorhin aus dem Hause trat?"

„Kurz vorher, ehe Sie kamen — sie verließ mich sehr beleidigt, daß ich einen armen Teufel von Bauer, der noch drei Stunden Weges bis nach Hause hat, nicht ihretwegen vor der Thür warten ließ und ihn abfertigte, während sie bei mir war. Doch ich schwatze und schwatze. Also Schwartzau, Sie müssen sich noch ein paar Tage im Wirthshause unterbringen, und dann werden Sie wahrscheinlich gezwungen sein, einige Wochen auszulagern, bis dahin aber hoffe ich, Ihnen Raum geschafft zu haben. He, Christoph — Klaas!" rief er dann aus dem Fenster — „schaff' doch einmal die Sachen des fremden Herrn in's Haus — Sattel und Taschen, oder was es ist — wo wollen Sie hin, Könnern?"

„Wenn Sie es denn nicht anders haben wollen,

so muß ich wenigstens hinunter, um mein Packthier selber abzuladen, daß mir die guten Leute Nichts zerbrechen."

„Gut, auch recht. Lassen Sie nur Alles hier herauf schaffen und draußen vor die Thür stellen; wir arrangiren es dann selber, denn ich habe hier Junggesellenwirthschaft. Indessen Sie das besorgen, schreibe ich nur noch zwei Briefe, die jener Colonist mit in eine andere neue Colonie nehmen muß, wohin sonst sehr selten Gelegenheit ist."

„Und um wie viel Uhr ist es Ihnen recht?" fragte Günther.

„Um — aber das können wir nachher bereden," sagte der Director; „natürlich essen Sie mit uns, was gerade da ist, und nach dem Essen reiten wir in aller Bequemlichkeit hinaus. Die übrigen Geschäfte müssen warten, denn dieses ist das wichtigste. Um ein Uhr esse ich gewöhnlich, bis dahin behalten Sie also noch übrig Zeit, sich ein wenig auszuruhen. Und Sie, lieber Könnern, kommen gleich wieder zu mir herauf, sobald Sie Ihre Sachen besorgt haben."

Und damit, ohne irgend eine Einwendung zu erwarten, setzte er sich ohne Weiteres an seinen Schreibtisch und überließ die beiden Fremden indessen sich selber.

„Nun, wie gefällt Ihnen Ihr Director?“ sagte Könnern auf der Treppe.

„Vortrefflich!“ erwiederte Günther; „im Anfange schien er ein wenig brummig, aber der Name Ihres Bruders wirkte Wunder. — Wo haben sich die beiden Herren eigentlich gekannt?“

„In der österreichischen Armee,“ erwiederte Könnern, „wo sie den siegreichen Feldzug in den vierziger Jahren zusammen durchgemacht haben. Mir gefällt aber der Mann auch außerdem; er ist rasch, kurz angebunden, und wie mir scheint, aufrichtig und offen. Mit solchen Leuten ist immer am Besten verkehren, denn der Böse soll die Ueberfreundlichen holen, die stets ein lächelndes Gesicht zeigen und bei denen man doch nie und nimmer weiß, woran man mit ihnen eigentlich ist.“

„Mich hat es ebenfalls gefreut, daß er mich so ohne Weiteres in's Wirthshaus wies. Er hätte ja eine lange Entschuldigung machen können, aber er sagte einfach, deshalb geht's nicht, und damit Punctum. Ich glaube, ich werde mit dem Director fertig.“

Sie waren damit vor die Thür getreten, wo ihre Diener mit den Pferden noch hielten, und während Günther wieder aufstieg, lockerte Könnern seinem Grauen den Sattelgurt. Da schallten rasche Hufschläge die Straße herauf, Beide wandten den Kopf dorthin und Günther rief aus:

„Hallo, wer kommt da — eine Amazone!"

In demselben Augenblicke aber sprengten schon zwei Reiter, mehr im Carriere als Galopp an dem Hause des Directors vorüber, und die beiden Fremden hatten nur eben Zeit zu bemerken, daß auf dem ersten Pferde ein junges, wunderhübsches Mädchen in einem knapp anschließenden, dunklen Reitkleide saß, mit einem kleinen Amazonenhute auf, von dem eine einzelne mächtige weiße Straußfeder und ein paar lange Reiherfedern in dem scharfen Luftzuge weit auswehten. Ihr Begleiter, der etwa eine Pferdelänge hinter ihr folgte, war ein ganz junger Bursche von etwa sechszehn bis siebenzehn Jahren.

Wie eine Erscheinung flogen die Beiden an ihnen vorüber, und Günther hatte noch außerdem jetzt mit seinem eigenen Pferde zu thun, das sich, wie es schien, am liebsten dem Rennen angeschlossen hätte, und herüber und hinüber tanzte.

„Hier im Orte scheint es wirklich ganz interessante Gesellschaft zu geben," sagte Könnern, als die wilden Reiter die Straße hinab verschwunden waren, „und es wird lohnen, sich eine

Zeit lang aufzuhalten und ihre Bekanntschaft zu machen.“

„Beinahe hätt’ ich das Letztere gleich gethan,“ lachte Günther, „denn mein Rappe schien dasselbe Bedürfniß zu fühlen. Aber, Adieu jetzt, Kamerad. Um ein Uhr sehen wir uns beim Diner wieder.“

„Hoffentlich nicht im Frack, denn darauf bin ich nicht eingerichtet,“ nickte ihm Könnern zu, während Günther, von seinen beiden Lastthieren gefolgt, denselben Weg, aber bedeutend langsamer, einschlug, den die junge Dame eben genommen. Die Kirche lag in dieser Richtung, und er wußte gut genug, daß Könnern Recht hatte, wenn er das Wirthshaus dicht daneben vermuthete.

Aus dem Directionshause waren indessen ein paar deutsche Arbeiter gekommen, junge Burschen in Hemdärmeln und mit ledernen Hosen und Pantoffeln, der eine eine runde blaue, der andere eine viereckig grüne Mütze auf, und Beide genau so aussehend, als ob sie eben dieselben Pantoffeln nicht ausgezogen hätten, seit sie in Bremen oder Hamburg das Schiff betreten.

Diese griffen willig mit zu, das Packthier abzusatteln, und wenn sie auch stets an den verkehrten Stricken, aber deshalb nicht minder gut gemeint, zogen, gelang es doch endlich mit Könnern's Hülfe, den Packen aufzuschnüren, und die verschiedenen Gegenstände in's Haus und in die erste Etage zu schaffen. Die Pferde brachten sie dann ebenfalls auf einen kleinen Weideplatz dicht am Hause, wo sie auch einzeln gefüttert werden konnten, und seinen Diener schickte Könnern dann mit dessen eigenem Sattelzeuge in das Wirthshaus hinüber, da er den Eingeborenen nicht mit den Deutschen zusammenbringen wollte. Er wußte, daß dies selten gut that.

Hierbei gelang es ihm, einen Blick in den untern Theil des Directionshauses zu werfen, und es sah dort allerdings wild und wunderlich genug aus. Das ganze Haus war noch neu, ja, es stand sogar noch ein Theil des Gerüstes. Die Wände waren auch nur erst einfach geweißt und die Fensterrahmen noch nicht einmal gestrichen.

Gleichwohl glich der Platz da unten weit eher einem indianischen Bivouac, als der Wohnung eines Directors der Colonie, denn überall in den Zimmern lagen Matratzen, überall an den Wänden standen die riesigen Kisten und Koffer der Auswanderer, mit der groß gemalten Adresse „Nach Brasilien" noch daran, und auf dem ebenfalls preisgegebenen Kochherde war auf jeder Ecke ein Feuer angezündet, über dem theils ein Kessel brodelte, theils eine Pfanne zischte. Selbst im Hofe loderte ein stattliches Feuer, um den übrigen Kochgeschirren Raum zu geben, denn heute war ja Sonntag, und die Deutschen feierten diesen, genau wie daheim, mit Essen und Trinken.

Könnern, im Augenblicke ohne weitere Beschäftigung, trat dort hinein, ohne daß die Leute jedoch besondere Notiz von ihm genommen hätten. Ein paar alte Frauen saßen auf den Kisten in der Ecke und lasen in ihren Gesangbüchern; die Mädchen und jungen Frauen waren fast alle mit ein oder der andern Arbeit für die Küche beschäftigt, und die Männer lagen zum Theil ausgestreckt auf den Matratzen oder auch auf dem nicht gerade überreinlichen Boden und rauchten ihre kurzen Pfeifen. Tabak war billig hier, und sie konnten sich dem Genusse mit unbeschränkter Leidenschaft hingeben.

„Nun, Leute, wie geht's?" redete Könnern einen der Männer an, der beide Beine von einander gestreckt hatte und, ein Bild der höchsten Zufriedenheit, flach auf dem Rücken lag. Nur den einen Arm hatte er als Kissen unter den Kopf geschoben und sah den eigenen Rauchwolken nach, die er mit Macht gegen die Decke blies; „Ihr scheint Euch hier ganz behaglich zu befinden?"

„Und warum nicht?" sagte der Mann, indem er die Pfeife in den einen Mundwinkel schob; „hier kann mer's aushalten, und die Schinderei geht doch noch zeitig genug an. Das Brumsilien ist ein ganz famoses Land — wären wir nur erst (früher) hergekommen."

„Ja, mit dene Männer hat's keine Noth," fiel hier die eine Frau ein, die mit roth erhitztem Gesichte gerade aus der Küche kam und sich mit der Schürze den Schweiß von der Stirn trocknete, „wenn die nur satt Tabak haben und auf der faulen Haut liegen können, sell freut sie und sie wollen's net besser, aber uns arme Weiberleut' derf's schinden und plagen, wie's mag."

„Und was geht Euch ab?" fragte der Mann, faul den Kopf nach ihr umdrehend.

„Was uns abgeht?" sagte aber die Frau, „ein eigen Haus und ein eigener Herd, weiter Nichts, daß man weiß, weshalb man sich plagt und schindt, und seine Kochtöpf' nicht auf Gottes Erdboden herum zu stoßen hat. Erst aber drei Monat das leidige Schiffsleben und nun vier Monat wieder hier in einer wahren Heidenwirthschaft — sell kann Einen freuen, und bis an den Hals steht mir's."

Und damit griff die Frau ein am Boden sitzendes, schreiendes Kind an einem Arme auf, warf sich's mit einem Ruck auf die Hüfte und verschwand damit durch die offene Thür.

„Weiberleut'!" sagte der Bauer verächtlich und rauchte weiter.

Könnern behielt übrigens keine Zeit, noch weitere Forschungen anzustellen, denn der Director sah in diesem Augenblicke in's Zimmer. Er hatte jedenfalls seinen Gast gesucht und rief jetzt:

„Nun, sieht es hier nicht liebenswürdig aus? Aber kommen Sie, Könnern, wir wollen vor Tisch noch einen kleinen Spaziergang machen — lassen Sie nur, Sie können sich nachher umziehen; es kommt bei uns nicht so genau darauf an, und Ihre Sachen habe ich schon in die für Sie bestimmmte Stube stelleu lassen."

Damit nahm er ohne Weiteres Könnern unter den Arm und verließ mit ihm das Haus. Die in der Stube umher zerstreuten Einwanderer richteten sich aber, als der Director das Zimmer betrat, etwas überrascht auf, rückten ihre Mützen und nahmen ihre Pfeifen aus dem Munde. So wie er ihnen aber den Rücken drehte, fielen sie in ihre alte Stellung zurück und rauchten ruhig weiter.

Der junge Fremde mußte jetzt vor allen Dingen dem Director von seinem Bruder erzählen, wie es ihm gehe, was er thue und treibe, und er wurde dabei nicht satt, ihm zuzuhören. Erst als Jener Alles erschöpft, was er darüber zu sagen hatte, kamen sie auf die hiesigen Verhältnisse zu sprechen, und Bernard Könnern gestand dem Director daß er, doch einmal in der Welt umherstreifend, nur nach Brasilien gekommen sei, um die Verhältnisse des Landes, über die er die verschiedensten und widersprechendsten Gerüchte gehört, einmal selber von Augenschein kennen zu lernen und dabei für seine Mappe zu sammeln. Habe er das erreicht, dann kehre er eben wieder nach Europa zurück, denn mit allen Mängeln scheine es doch, als ob ihm das Vaterland kein anderer Ort der Welt ersetzen könne.

„Sie haben Recht," erwiederte der Director, der ihm schweigend zugehört. Je mehr wir von fremden Ländern sehen, und wenn sie selbst ihre größte und schönste Pracht entfalten, desto mehr fühlen wir doch immer, daß sie uns die Heimath nie ersetzen können — aber um das zu fühlen, dazu gehört eine gewisse Quantität Gemüth, und es ist äußerst interessant zu beobachten, auf welche verschiedene Art und Weise sich das auch bei den verschiedenen Naturen äußert, und wie es ausbricht. Jeder Mensch bildet sich nämlich dazu eine gewisse Entschuldigung, und die am Meisten poetische hat stets das Gemüth der Frauen, auch wenn sie den niedrigsten Classen angehören. Bei diesen ist es das Grab der Eltern oder das eines Kindes, die alte Dorfkirche, oder das Haus, das ihre erste Heimath bildete, zu dem sie sich zurücksehnen; der Brunnen, an dem sie Wasser holten, die alte Linde vor der Pfarrwohnung, wo sie vielleicht zum ersten Male mit dem jetzigen Manne getanzt, und an die sie sich um so viel lieber erinnern, weil der Mann gerade damals so viel anders war, als er jetzt ist — der kleine Garten, den sie bestellt, das Vieh selber, das sie groß gezogen, das Alles hat seinen Anhaltspunkt noch lange nicht verloren, und ob sie Vieles hier mit der Zeit besser und bequemer finden mögen, es zieht sie doch mit einem ganz eigenen Gefühle zurück zu den alten Verhältnissen. Der Mann dagegen — ich meine hier den gewöhnlichen Bauer — hat wieder einen ganz andern Ankergrund für sein Heimweh. Er denkt, wenn er sich Deutschland in's Gedächtniß zurückruft, meist immer an seine heimische Schenke, an das Bier und eine Menge anderer prosaischer Dinge, zu denen aber doch trotzdem die alte Linde und der alte Kirchthurm den nebelhaften Hintergrund bilden. Seine „Freundschaft," wie er die Verwandten nennt, zieht ihn weniger zurück; der Bauer lebt eigentlich nie recht in wirklichem Frieden mit seinen Verwandten, und die Sehnsucht nach ihnen ist deshalb auch nie außergewöhnlich. Den gebildeten Mann zieht dagegen mehr ein geistiges Bedürfniß, als das bloße Gemüth, nach der Heimath zurück."

„Den gebildeten Mann zieht gewöhnlich das zurück," sagte Könnern, „daß er in dem fremden und überseeischen Lande selten eine passende oder ihm wenigstens zusagende Beschäftigung findet, die ihn hinreichend ernährt. Kaufleute natürlich ausgenommen, die überall daheim sind und auch herüber und hinüber ziehen, sieht sich der, der daheim gewohnt war, mehr mit seinem Kopfe als mit seinen Fäusten zu arbeiten, in nur zu häufigen Fällen allein auf die letzteren angewiesen. Das gefällt ihm nicht, eine Quantität Gemüth kommt dazu und das Heimweh ist fix und fertig."

„Sie haben wohl Recht," nickte der Director, „und nicht allein das Heimweh, sondern auch zugleich die Unzufriedenheit mit allen sie umgebenden Dingen, die, der Meinung jener Leute nach, für sie nicht passen, während sie selber es sind, die sich nicht hineinfinden können oder wollen. Davon weiß ein armer Director am Besten zu erzählen, denn gerade in meiner Colonie bin ich mit einer Classe von Menschen geplagt, die meist alle das Jahr 1848 von Deutschland herüber gescheucht hat, und die jetzt auf Gottes Welt nicht wissen was sie mit sich angeben sollen."

„Sie scheinen hier wirklich eine Art von haute volée zu haben," lächelte Könnern, „denn außer jener Frau Gräfin sah ich heute Morgen auch noch eine reizende junge Dame, die im Carriere vorüber flog."

„Sie wird nächstens einmal ihren reizenden Hals brechen," meinte der Director trocken; „jene Beiden gehören aber zusammen, denn die junge Dame ist die Comtesse, die Tochter der Gräfin. Da haben Sie also heute gleich die Spitze der Gesellschaft, den sogenannten crême gesehen. Außerdem aber sind wir noch mit einer Anzahl von Titular-Honoratioren geplagt, die voller Ansprüche stecken, und wie der Engländer ganz passend sagt: neither for use nor ornament, weder zum Nutzen, noch zur Verzierung der Colonie dienen. Doch mit diesen Herrschaften werden Sie selber wohl näher bekannt werden, wenn Sie sich länger in unserer Colonie aufhalten, und nur einen Rath muß ich Ihnen schon jetzt geben, ehe er zu spät kommt: Borgen Sie Niemandem Geld."

Könnern lachte gerade hinaus.

„Fällt Ihnen die Warnung bei den Honoratioren ein?“ sagte er.

„Allerdings,“ erwiederte der Director ganz ernsthaft; „der Bauer, wenn er Geld braucht, wendet sich einfach an die Regierung um Subsidien, die ihm nur in Ausnahmefällen abgeschlagen werden und für deren Rückzahlung er mit seinem Lande haftet. Unsere haute volée dagegen ist viel zu stolz an etwas Derartiges nur zu denken, hat auch in leider sehr vielen Fällen entweder kein Land, oder doch schon eine Menge von stillschweigenden Hypotheken darauf aufgenommen.“

„Aber sie werden doch wahrhaftig keinen wildfremden Menschen anborgen?“

„Es giebt dafür verschiedene Auswege,“ meinte der Director, „und Menschen, die sich sonst in den einfachsten Verhältnissen nicht zu helfen wissen, entwickeln gerade in dieser Branche eine erstaunliche Mannichfaltigkeit.“

„Aber weshalb wandern solche Menschen,“ sagte Könnern, „die doch von vorn herein wissen sollten, daß sie für derartige Arbeit und Beschäftigung nicht passen, eigentlich nach einem wilden Lande aus? An Büchern fehlt es wahrlich nicht, die ihnen ziemlich deutlich sagen, was sie in der neuen Welt — ob sie nun Amerika, Australien oder sonst wie heiße — zu erwarten haben. Sie können sich darüber nicht täuschen, wenn sie überhaupt Deutsch verstehen.“

„Und doch thun sie es,“ sagte der Director, „und zwar meist aus dem ganz einfachen und in jedem andern Falle schätzenswerthen Grunde, daß sie eine sehr gute Meinung von sich selber haben. Ich kann Alles was ich will, sagen sie, bedenken aber dabei gar nicht, daß sie nicht Alles wollen was sie können, denn es kann natürlich ein Jeder, wenn er nicht gerade einen überschwächlichen Körper mitbringt, Handarbeit verrichten; aber wie die Vorsätze auch daheim gewesen sein mögen, hier machen sie nicht einmal den Versuch dazu, und wenn sie ihn machen, bleibt es auch gewiß immer bei dem Versuche. Es ist und bleibt ein wunderliches Volk, und wenn ich erst einmal nicht mehr Director bin, was, wie ich hoffe, nicht mehr lange dauern wird, so glaub' ich, daß ich mich sogar prächtig dabei amüsiren werde, sie in ihrem eigenthümlichen Treiben und Wirthschaften zu beobachten. Jetzt aber halten sie mir die Galle fortwährend in Gährung, und dabei kann natürlich der beste Humor nicht aufkommen, ohne seine bestimmte Partie Gift mit anzunehmen. Sehen Sie, da kommt gleich Einer davon; sieht der Mensch aus, wie ein brasilianischer Pflanzer?"

Um die eine Ecke bog in diesem Augenblicke ein Herr, der — wenn die Sommer-Beinkleider nicht ein klein wenig zu kurz gewesen wären — in dem Anzuge recht gut hätte an einem schönen Nachmittage unter den Linden in Berlin spazieren gehen können. Er trug vollkommen moderne Tuchkleidung, einen Cylinderhut, einen Regenschirm, der hier auch besonders gegen die Sonne benutzt wurde, und im Knopfloche den rothen Adlerorden vierter Classe.

Als er den beiden Herren begegnete, lüftete er den Hut mit einer sehr förmlichen, aber auch sehr vornehmen Verbeugung, und ging dann, ohne Miene zu einem weitern Gruße zu machen, stolz vorüber.

„Und wer war das?"

„Der Baron Jeorgy, seinem Berichte nach aus einer sehr alten Familie, der mit der Idee herüber kam, brasilianischer Pflanzer zu werden. Er übernahm eine allerliebst gelegene Colonie — Sie müssen heute Morgen daran vorbei gekommen sein."

„Ah, das Haus da oben auf dem Berge, wo ein reizendes junges Paar von brasilianischer Abstammung wohnt?"

„Ganz recht, Köhler's Chagra, wie der Platz jetzt heißt — und er verwirthschaftete das Gut in unglaublich kurzer Zeit dermaßen, daß es zuletzt wenig mehr als eine Wildniß war. Er mußte es endlich verkaufen, denn es trug ihm nicht einmal mehr die Kosten, und natürlich konnte Niemand weiter daran schuld sein als der Director, da ihm dieser noch dazu nicht einmal mehr Geld darauf vorstrecken wollte. Er ist seit der Zeit wüthend auf mich, nach Art solcher Leute aber auch um so viel höflicher geworden, und ärgert sich nur, daß ich von seinen Verleumdungen gegen mich nicht die geringste Notiz nehme."

„Guten Morgen, Herr Director!" unterbrach in diesem Augenblicke ein junger Mann das Gespräch, der sie überholt hatte und rasch an ihnen vorüberschritt. Er grüßte dabei sehr ehrfurchtsvoll, schien sich aber nicht lange in seines Vorgesetzten Nähe aufhalten zu wollen, dem er vielleicht unerwartet in den Wurf gelaufen, denn er bog rasch in die nächste Querstraße ein und verschwand in einem der Gärten.

„Der junge Herr," sagte Könnern, „scheint stark gefrühstückt zu haben. Sein ganzes Aeußere sah wenigstens danach aus."

„Ein anderer Fluch unserer Colonie,“ seufzte Sarno, „das war unser Schullehrer.“

„Der Schullehrer? Er kann höchstens zweiundzwanzig Jahre alt sein.“

„Und nicht allein ist er trotzdem, sondern gerade deshalb Schullehrer,“ sagte der Director; „unser deutscher Bauer ist nämlich von Haus aus und von klein auf so daran gewöhnt worden, den „Schulmeister“ als ganz untergeordnete Persönlichkeit zu betrachten und danach natürlich auch die Erziehung seiner Kinder zu bemessen, daß ihn für diese jeder Milreis reut, den er ausgeben soll, und er förmlich gezwungen werden muß, die Kinder in die Schule zu schicken. Das Loos eines Schullehrers ist aber in keinem Lande der Welt beneidenswerth, und nur daheim, wo Leute von Jugend auf dazu erzogen werden und dann später keine andere Laufbahn mehr einschlagen können, finden sich immer genügende Kräfte. Hier dagegen, wo Jeder sein Brod weit besser und sorgenfreier verdienen kann, der nur irgend seine Knochen gebrauchen will, denkt gar Niemand daran, sich zu dem fatalen und außerdem noch schlecht gelohnten Amte eines Schullehrers herzugeben, der nicht nothgedrungen muß. Das aber sind denn meist junge Leute, Studenten oder

Handlungsdiener, die einen angeborenen Abscheu vor Hacke und Spaten haben, und nur, um nicht zu verhungern, sich gerade für so lange der „Beschäftigung“ eines Schullehrers unterziehen, als sie nichts Anderes und Besseres zu unternehmen wissen. So wie sie aber etwas Besseres finden, kann man sich auch fest darauf verlassen, daß sie der Gemeinde kündigen — manchmal gehen sie sogar ohne Kündigung fort, und wie nachtheilig ein so steter Wechsel — den eigentlichen mangelhaften Unterricht nicht einmal gerechnet — auf die Kinder wirken muß, läßt sich ja denken und liegt klar zu Tage.“

„Zu Zeiten trifft es sich, daß wir trotz allem Dem einen ordentlichen Mann, wenigstens für Monate oder ein halbes Jahr, in der Schule haben. Dieses Mal freilich meldete sich, als die Kinder schon drei Wochen ohne den geringsten Unterricht gewesen waren, ein möglicher Weise irgendwo durchgebrannter Handlungsdiener für die Stelle, die man ihm auch „auf Probe“ überließ, und da der gute Mann den brasilianischen Wein merkwürdiger Weise trinken kann, benutzt er jeden freien und nicht freien Augenblick, um über die Stränge zu schlagen.“

„Und auf die Art,“ lachte Könnern, „warten

beide Parteien gegenseitig, ob sie einander nicht bald wieder los werden können?"

„Allerdings," erwiederte der Director, „hier aber haben wir jetzt das Ziel unseres Spaziergangs — das Auswanderungshaus erreicht, das ich doch heute Morgen einmal besuchen und Ihnen gleich zeigen wollte. Hier sehen Sie die Einwanderer untergebracht, welchen, der furchtbaren Nachlässigkeit unserer Provinzialregierung zufolge, noch keine Colonie — d. h. kein eigenes Land für ihre Arbeit — angewiesen werden konnte, und die hier auf Staatskosten gefüttert werden müssen, bis Ihr Freund die nöthigen Landstrecken für sie vermessen haben wird. Aber treten wir ein. Sie sehen da Alles viel besser, als ich es Ihnen sagen könnte."

Könnern sah vor sich ein langes, fast ovales Gebäude, aus Pfählen oder eingerammten Stämmen aufgerichtet, und theils mit Schindeln, theils mit Ziegeln, an einigen Stellen sogar mit Schilf und Reisig nothdürftig gedeckt, um das herum es von den abenteuerlichsten Gestalten wimmelte. Alle waren Deutsche, darüber blieb dem Fremden auch nicht der geringste Zweifel, denn die flachsköpfigen Kinder nicht allein, nein, Männer und Frauen selbst in ihren alten heimischen Trachten verläugneten ihr Vaterland nicht einen Augenblick.

Ihre Beschäftigung war aber ziemlich genau dieselbe wie die jenes Theiles, den der Director in seine eigene Wohnung genommen hatte, nur daß hier entschieden mehr Männer einquartiert schienen. Der innere weite Raum, wo nicht die unpraktischen riesigen Auswanderer-Kisten aufgeschichtet standen, war mit ihnen ordentlich angefüllt, denn in der heißen Tageszeit hatten sie den Schatten des luftigen Gebäudes gesucht, während die Frauen hier und in der Sonne draußen arbeiten konnten, so viel sie eben Lust hatten.

Als der Director übrigens mit dem Fremden den innern Raum betrat, erhoben sich die Meisten von ihrem rauhen Lager und nahmen die Mützen ab, denn der „Herr Director" war ja die erste Person in der Colonie, und mit dem durften sie es also schon nicht verderben.

„Nun, Leute," sagte Herr Sarno nach der ersten flüchtigen Begrüßung, „nun werdet ihr bald Euer Land bekommen können, denn heute hat die Regierung endlich Jemanden hergesandt, der Euren Grund und Boden vermessen soll. Haltet Euch nur bereit, daß einige Familien von Euch gleich ausrücken können, so wie eine Anzahl von Colonien vermessen ist. Ihr werdet das Herumliegen hier wohl auch satt haben?"

„Na, es geht, Herr Director," lachte der eine Mann; „wenn wir's im Leben nicht schlechter kriegen, läßt sich's aushalten — aber froh wollen wir doch sein, wenn wir einmal wieder für uns arbeiten dürfen. Das faule Leben hat auch keine rechte Art und eigentlich schon ein Bißchen zu lange gedauert."

„Hier geht's auch schmählich eng zu," sagte ein Anderer, „beinah wie auf dem Schiff, und der Müller da drüben, der macht sich mit seiner Familie auch noch so breit, daß wir Anderen lieber hinaus vor die Thür möchten, damit der große Herr nur Platz hat."

„Ja, Du darfst auch noch räsonniren, Du Lumpenkerl," erwiederte eine tiefe Baßstimme aus der Ecke, „wenn wir lauter solch Gesindel wären, wie..."

„Ruhe!" unterbrach ihn der Director, „haltet mir Frieden hier, das sag' ich Euch, denn der Erste der Streit anfängt, wird ohne Weiteres auf das nächste Schiff gesetzt und wieder aus der Colonie geschickt. Wir wollen hier Frieden haben, und wer sich dem nicht fügen will, mag gehen."

„Aber der Müller..."

„Haltet Euer Maul!“ fuhr ihn der Director an; „wenn Ihr eine gegründete Klage habt, so wißt Ihr, an wen Ihr Euch damit wenden sollt, und zu welcher Zeit, und daß Ihr dann Eure Zeugen mitzubringen habt. Einfache Klatschereien will ich und werd' ich nicht anhören. Was fehlt denn der Frau da, die dort in der Ecke liegt?“

„Schlecht ist ihr's,“ sagte eine andere Frau, die neben ihr saß und ihr gerade aus einem großen Topfe zu trinken gab; „sie hat sich den Magen verdorben an den vielen Apfelsinen.“

„Ist denn der Doctor heute noch nicht hier gewesen?“

„Der Doctor? Ja, der kommt schon lange nicht, wenn man ihm nicht erst das Haus einläuft,“ sagte eine andere Frau; „meine Kathrine, der war's gestern auch so elend zu Muthe — daß er auch nur einmal nach ihr gesehen hätte — und wie ich ihn darum gebeten habe!“

„So?“ sagte der Director, „nun, in einer halben Stunde soll er hier sein, das verspreche ich Euch — wie viele von Euch haben denn in der Woche mit am Wege gearbeitet?“

Keine Antwort — die ihm Nächsten schienen die Frage eben nicht gern zu hören.

„Nun? Kann Keiner den Mund aufthun?“

„Na, der Niklas," sagte die eine Frau, „hat zwei halbe Tage, und der Christoph, der hat gestern Nachmittag angefangen, und Schultze's Elias, der muß schon den Donnerstag oder Freitag hinaus gegangen sein."

„Da haben Sie's!" sagte der Director zu Könnern; „Monate lang liegen die Menschen hier auf der faulen Haut und leben von den Subsidien oder Unterstützungen, die ihnen der Staat verabreicht, also von Geldern, die sie nach fünf Jahren wieder zurückerstatten müssen. Wo ich ihnen aber eine Gelegenheit geboten habe, selber für sich Etwas zu verdienen, wenn sie nur die faulen Knochen rühren sollen, glauben Sie, daß da Einer gutwillig mit angriffe? Gott bewahre! Wenn ihnen der Polizeidiener nicht auf dem Nacken sitzt, rühren sie kein Glied, und wenn es eine Arbeit wäre, die sie nur zu ihrem eigenen Besten thun sollen und noch außerdem extra bezahlt bekommen. 's ist, weiß es Gott, eine Freude, mit solchen Menschen zu thun zu haben!"

„Herr Director," sagte in diesem Augenblicke ein kleiner ältlicher Mann in einem wunderlichen Costüme, das er von allen Ständen der menschlichen Gesellschaft zusammengeborgt zu haben schien, indem er den Director an einem Aermel zupfte,

„das Essen ist gleich fertig — Sie möchten auch Hause kommen.“

„Ah, Jeremias,“ sagte Sarno, sich nach ihm umdrehend; „schickt Dich die Kathrine herüber?“

„Ja, Herr Director,“ sagte der Mann, einen hohen Seidenhut, um den eine Art von Livreeband befestigt war, unter den Arm drückend, „und das Schiff ist auch unten.“

„Das Schiff? Was für ein Schiff?“

„Nun, das Schiff mit den neuen Landsleuten.“

„Neue Auswanderer?“ rief der Director erschreckt.

„Die Gesina,“ nickte der Mann; „der Herr Director haben ja schon lange davon gesprochen. ’s ist gerade vor der Barre gesehen worden und der Capitain wird heute Abend herauf kommen.“

„Na, das hat gerade noch gefehlt!“ seufzte Sarno; „das Haus hier ist schon zum Ueberlaufen voll, und dazu noch eine frische Gesellschaft, eine neue Zufuhr — das wird angenehm!“

„Und die Suppe?“

„Darf nicht kalt werden. Du hast Recht, Jeremias. Sag’ nur der Kathrine, daß wir den Augenblick hinauf kommen. Ist der fremde Herr schon da?“

„Eben angekommen. Er sitzt oben in der Stube.“

„Gut — also melde nur daß wir gleich kommen, und halt — spring hinüber zum Doctor — Ich lasse ihm sagen, augenblicklich hierher zu kommen. Verstanden?“

Auf das Wort drehte sich das kleine Männchen um, machte noch eine ganz eigenthümliche Krümmung des Körpers, was als Verbeugung gelten sollte, und verschwand dann blitzschnell durch die Thür. Könnern hatte nur eben noch Zeit, zu bemerken, daß seine Beinkleider jedenfalls für eine andere Person zugeschnitten und gemacht sein mußten — wonach sie die andere Person denn auch so lange getragen haben mochte, wie ihr gut dünkte. Für Jeremias waren sie aber viel zu lang und unten in einem wahren Wulste umgelegt und aufgekrempelt. Er besaß außerdem — wenigstens glaubte es Könnern bei seinem ersten Erscheinen — brennend rothes Haar von einer ganz auffallenden Färbung, und als die kleine Gestalt sich zwischen den verschiedenen Gruppen der Auswanderer, zwischen Kochtöpfen, Kisten und in Betten eingepackten Kindern wie ein Ohrwurm durchwand, leuchtete sein Haar ordentlich irrwischartig, bis er draußen in den Büschen verschwand.

„Da haben wir's!“ sagte aber der Director, mit ganz anderen Gedanken wie mit Jeremias beschäftigt; „jetzt geschieht, was ich schon lange befürchtet habe. Das Auswanderungshaus, selbst meine eigene Wohnung gefüllt, — keinen Fuß breit Land vermessen, den neuen Colonisten einen eigenen Fleck Grundeigenthum anweisen zu können, kommt noch eine Schiffsladung frischer Kräfte dazu, und was ich indessen mit denen machen soll, weiß Gott!“

„Und ist denn das nicht Sache des Präsidenten der Provinz,“ fragte Könnern, „stets Land genug vermessen zu haben, um die Einwanderer unterbringen zu können?“

„Allerdings ist es das, aber unser Präsident, — ein braver, guter Mann, der es wirklich ehrlich meint — ist schon seit längerer Zeit schwer krank, und seine Frau — ein intrigantes, coquettes Frauenzimmer — regiert indessen nach Herzenslust und hat eine Masse nichtsnutziger Protégés, die sie unter jeder Bedingung unterbringen will und unterbringt. So schickte sie mir vor sechs Monaten einen Kerl hieher — ich habe keinen andern Namen dafür — der das Land vermessen sollte, und nicht mehr davon verstand wie der Junge da. Glücklicher Weise faßte ich gleich Verdacht, paßte ihm auf und jagte ihn, wie ich merkte was an ihm war, wieder zum Teufel; er hätte uns sonst hier eine Heidenverwirrung angerichtet. Die Frau Präsidentin ist aber natürlich jetzt wüthend auf mich."

„Und leidet das die Regierung in Rio?"

„Lieber Gott, einestheils erfährt sie nie den wahren Thatbestand, und dann ist es auch wirklich für sie schwer, gegen einen einmal eingesetzten höhern Beamten ernstlich einzuschreiten, so lange nicht directe Anklagen vorliegen. Jetzt verklagen Sie aber einmal von der Colonie Santa Clara aus den Präsidenten, der in Santa Catharina sitzt, oben in Rio de Janeiro — die Geschichte wäre gleich von vorn herein so weitläufig, daß man sie doch in Verzweiflung aufgeben würde, wenn man auch wirklich hoffen dürfte Etwas auszurichten — was man aber außerdem nicht darf. Doch unsere Suppe wird wahrhaftig kalt und die Kathrine nachher böse — also vor allen Dingen zum Essen" — und Könnern's Arm ergreifend, führte er ihn rasch der eigenen Wohnung zu.

Unterwegs hielten sich die Beiden auch nicht auf. Nur ein einziges Mal blieb Könnern stehen, und den Arm gegen einen der kleinen Hügel ausstreckend, sagte er:

„So viel ist sicher, nur der Deutsche und der Engländer — vielleicht auch noch der Holländer — hat den richtigen Sinn für eine nicht allein bequeme, sondern auch freundliche Umgebung seiner Heimath, baut sich sein Nest in Büsche und Blüthen hinein und pflanzt Rosen vor seine Thür, während besonders der Amerikaner höchstens einen Gemüsegarten daneben dulden würde. Sehen Sie nur, was für ein wunderbar romantisches Plätzchen sich jener Ansiedler wieder gewählt hat, dessen kleines Haus nur eben aus dem dunklen Grün der Büsche auf jenem Hügel da drüben herausblinzt."

„Ah, Sie meinen unseres Einsiedlers Villa," lächelte der Director; „die Aussicht von seinem Hause aus hat er übrigens ganz zufällig bekommen, denn eine Palmengruppe verdeckte den Platz so vollständig, daß man von unten aus keine Ahnung hatte, dort oben sei eine menschliche Wohnung. Neulich nun warf der Sturm die kleinen Palmen um und das Haus bekam dadurch, wahrscheinlich vollkommen gegen den Willen seines Eigenthümers, eine reizende Aussicht."

„Gegen seinen Willen?"

„Ich glaube, ja. Der Mann heißt Meier und lebt mit Frau und Tochter, einem jungen Gärtner und einer alten Dienstmagd, die sie hier angenommen, fast ganz abgeschieden von der Colonie und verkehrt fast mit Niemandem. Jammerschade noch dazu, denn das wäre in der That eine Familie, mit der man einen angenehmen Umgang haben könnte; aber man darf sich doch auch nicht aufdrängen, und da er mich, obgleich ich drei- oder viermal oben bei ihm war, noch nicht ein einziges Mal wieder besucht hat, so muß ich wohl annehmen, daß er es lieber sieht, wenn ich meine Besuche nicht wiederhole, und den Gefallen habe ich ihm denn auch gethan. — Aber da sind wir — sehen Sie, da oben steht die Kathrine schon am Treppenfenster — ja, ja, Alte, wir kommen schon. Was so eine alte Person für eine Tyrannei ausübt, wenn man einmal ein paar Minuten zu spät zum Essen kommt!"

3.

Bei der Frau Gräfin.

Die Frau Gräfin Baulen hatte des Directors Haus etwas in Aufregung verlassen, und der Gedanke daran, oder etwas Anderes auch vielleicht, lag ihr schwer auf den Herzen, als sie ihrer eigenen Wohnung wieder zuschritt. Sie ging wenigstens mit auf den Boden gehefteten Blicken und erwiederte den Gruß etwa Begegnender nur mit einer leisen Beugung des Kopfes, ohne zu ihnen aufzusehen.

So erreichte sie endlich das kleine freundliche Gebäude, das, von einem Garten umschlossen, an der äußersten Gränze der Ansiedelung lag, und wollte eben dasselbe betreten, als die beiden Reiter, ihr Sohn und ihre Tochter, wie sie durch den ganzen Ort geflogen waren, mit donnernden Hufen die Straße herabfegten, und dicht vor dem Hause ihre Thiere so rasch herumwarfen, daß sie die alte Dame fast gefährdet hätten.

„Aber Helene, aber Oskar!" rief sie entsetzt, indem sie rasch das Gartenthor zwischen sich und die Pferde brachte — „Ihr reitet ja wie die Wahnsinnigen, und seht gar nicht wohin Ihr rennt! Daß Ihr die Thiere dabei ruinirt, scheint Euch ebenfalls nicht im Mindesten zu kümmern!"

„Nicht böse, Mütterchen, nicht böse," lachte Helene, indem sie den Hals ihres noch immer tanzenden und courbettirenden Schimmels klopfte; „Oskar behauptete aber, daß sein Rappe flüchtiger wäre als meine Sylphide, und da habe ich ihm eben das Gegentheil — aber, Sylphide — ruhig, mein Herz, ruhig — wie wild sie nur geworden ist, weil ich sie die beiden letzten Tage nicht geritten habe!"

„Du hattest von Anfang an einen Vorsprung," rief Oskar, „sonst wärest Du mir wahrhaftig nicht vorgekommen; und dann verlor ich gleich beim Abreiten einen von meinen Sporen, was mich auch aufhielt."

„Einen von Deinen silbernen Sporen?" rief die Frau Gräfin.

„Ja — aber er wird sich schon wiederfinden,“ sagte der junge Bursche gleichgültig. — „Heh, Gotthelf! Gotthelf! Wo der nichtsnutzige Schlingel nun wieder steckt, daß er die Pferde nehmen könnte. — Gotthelf!“

„Ja — komme schon,“ antwortete eine Stimme, die dem ungeduldigen Rufe des jungen Mannes in keineswegs entsprechender Eile zu sein schien.

Gleich darauf schlenderte auch ein Bauernbursche, dessen reines, grobleinenes Hemd allein an ihm den Sonntag verkündete, beide Hände in den Taschen, um die Hausecke und kam langsam näher.

„Na, Du fauler Strick, kannst die Beine wohl nicht ein Bischen in die Hand nehmen?“ rief ihm der junge Graf entgegen — „es wird wahrhaftig immer besser. Soll ich Dich etwa in Trab bringen?“

„Brrrrrr!“ erwiederte Gotthelf mit unerschütterlicher Ruhe, indem er seine Schritte nicht im Geringsten beschleunigte; „gehen Sie nur nicht durch, junger Herr, und machen Sie die Pferde nicht scheu.“

„Willst Du noch unverschämt werden, Halunke!“ rief der junge Graf in auflodernden Zorne, indem er seine Reitpeitsche fester packte und hob. Gotthelf aber, nicht im Geringsten dadurch eingeschüchtert, trat dicht zu dem Pferde heran und sagte:

„Na, so schlagen Sie doch! — Warum langen Sie denn nicht zu? Mein Buckel wäre doch, dächt' ich, breit genug."

Graf Oskar schlug aber nicht; der junge, allerdings sehr breitschulterige Bauernjunge hatte heute Etwas in seinem Auge, was ihm nicht gefiel. Deshalb nur mit einer verächtlichen Kopfbewegung aus dem Sattel steigend, sagte er, indem er Gotthelf den Zügel hinreichte:

„Da — ich will mich mit Dir nicht befassen. Führe die Pferde herum und reibe sie nachher trocken ab."

Gotthelf nahm aber nicht einmal seine Hände aus den Taschen, und die beiden Pferde nach einander betrachtend, sagte er kopfnickend:

„Ja — Herumführen werden sie wohl brauchen, denn geritten sind sie wieder, daß es eine Schande ist; aber der Gotthelf wird Ihnen das schwerlich besorgen, denn mit „Halunke" schimpfen werden die Leute nicht fett, und wo es außerdem weiter Nichts giebt, nicht einmal Lohn, da lohnt's eben nicht, daß man sich die Nägel von den Fingern arbeitet. Suchen Sie sich einen andern Gotthelf, aber ich glaube kaum, daß Sie noch einen so dummen finden, der Ihnen drei Monate nur der Ehre wegen den Schuhputzer macht." — Und sich damit scharf auf dem Absatze herumdrehend, schlenderte er wieder in's Haus zurück, ging auf sein Zimmer, packte seine Sachen zusammen und verließ eine halbe Stunde später in der That, ohne ein weiteres Abschiedswort, die gräfliche Familie.

„Das hast Du nun von Deiner Heftigkeit," sagte die Gräfin, drehte sich ab und schritt würdevoll in das Haus hinein.

Graf Oskar biß wüthend die Zähne zusammen und hätte seinen Zorn gern an irgend Jemandem ausgelassen; aber es war Niemand da, von dem er vermuthen durfte, daß er es sich gefallen lassen würde. Sein Sattel allein mußte es entgelten, den er selber abschnallte und dann völlig rücksichtslos über den Gartenzaun, mitten zwischen die Blumen, hinwarf; — dann führte er sein Pferd in die kleine Umzäunung, wo die Thiere gewöhnlich gefüttert wurden, nahm ihm den Zaum dort ab und ließ es laufen. Von Herumführen oder Abreiben war keine Rede mehr.

Comtesse Helene indessen war einigermaßen in Verlegenheit, denn da sich ihr Bruder in seinem Ingrimme gar nicht um sie bekümmerte, wußte sie nicht gleich, wie sie aus dem Sattel kommen sollte. Als sie den Kopf die Straße hinabdrehte, sah sie einen jungen Mann dicht hinter sich, der stehen geblieben war und sie betrachtet hatte. Unter anderen Umständen würde sie auch kaum von ihm Notiz genommen haben, denn trotz seiner anständigen Kleidung sah er etwas verwildert aus, und um das sonnengebräunte, von einem leichten, schwarzgekräus'ten Barte halb beschattete Gesicht hingen ihm die langen, schwarzen Haare unordentlich und wirr herab. Auch in den dunkeln Augen, mit denen er das wirklich bildschöne Mädchen betrachtete, lag ein eigenes, unheimliches Feuer, und erst als ihr Blick auf dem seinen haftete, milderte sich der Ausdruck in seinen Zügen.

Es konnte ihm aber auch nicht entgangen sein, daß sie Hülfe brauche — die Straße war außerdem, als an einem Sonntag Nachmittage, fast menschenleer, und sich ordentlich gewaltsam dazu zwingend, trat er endlich näher, sah zu der Jungfrau auf und sagte:

„Erlauben Sie mir vielleicht, Ihnen meinen Arm zu bieten?"

Helene sah ihn im ersten Augenblicke mißtrauisch an; sie war viel zu selbstständig aufgewachsen, oder hatte sich vielmehr selber so erzogen, um irgend Furcht vor einem fremden Manne zu zeigen, aber ein gewisser Instinct warnte sie, sich Jemandem zu irgend einem Danke zu verpflichten, der damit vielleicht einmal Mißbrauch treiben könne. Das Benehmen des Fremden war aber so achtungsvoll und ehrerbietig, und das Anerbieten wurde mit so viel natürlichem Anstande gemacht, daß sie nach kaum secundelangem Zögern lächelnd die Hand ausstreckte, sich auf den vorgehaltenen Arm des Fremden stützte und leicht aus dem Sattel sprang.

Der Fremde hatte dabei zugleich den Zügel des Pferdes in einer Art ergriffen, die deutlich zeigte, daß er mit ihm umzugehen wisse, machte der Comtesse, als sie glücklich unten angelangt war, eine leichte Verbeugung, und führte dann das durchaus erhitzte Thier zu dem nächsten Aste, an dem er den Zügel befestigte und den Sattel nachher durch Aufschnallen des Gurtes etwas lüftete. Das Alles geschah rasch und anscheinend ohne die geringste Anstrengung, und ehe Comtesse Helene nur recht mit sich einig war, ob sie abwarten bis sich der Fremde entfernt habe, oder lieber gleich in das Haus gehen solle, war dieser schon fertig, verbeugte sich wieder leicht gegen sie und wandte sich dann rasch und ohne sich umzusehen die Straße hinab, so daß sie ihm für seine Dienstleistung nicht einmal danken konnte.

Comtesse Helene war bei ihrem Range und wirklich reizendem Aeußern, noch dazu in der bescheidenen Umgebung einer deutschen Colonie, allerdings daran gewöhnt worden, die Huldigungen und Galanterien der jüngeren wie älteren Leute als eine Art von Tribut fast gleichgültig hinzunehmen. Die Aufmerksamkeit dieses wunderlichen Fremden, der sich außerdem fast ängstlich jedem nur möglichen Danke entzog, hatte aber doch etwas so Eigenthümliches, daß sie, frappirt davon, auf der Schwelle des Gartens stehen blieb und sich erst in das Haus zurückzog, als ihr Bruder, eben nicht in der besten Laune, zurückkam. Außerdem läutete auch in diesem Augenblicke die Glocke oben, welche zum Mittagessen rief, und sie durfte keine Zeit versäumen, wenn sie noch ihr Reitkleid ablegen und überhaupt ein wenig Toilette machen wollte.

In dem Wohnzimmer der Frau Gräfin Baulen hatten sich indessen schon vor der Ankunft der Wirthin zwei auf heute geladene Gäste eingefunden.

Der Eine von ihnen war der nämliche Herr, welcher Könnern und dem Director auf ihrem

Wege durch die Stadt begegnete: der ausgewanderte Baron Jeorgy, den eine unglückliche romantische Ader zu seinem jetzigen sehr großen Bedauern nach Brasilien getrieben. Er hatte eine nicht unbedeutende Summe Geldes mit herüber gebracht und es in sechs Jahren möglich gemacht, den größten Theil seines Capitals nicht gerade durchzubringen, aber doch auszugeben, was sich im Resultat allerdings vollkommen gleich blieb.

Der Andere war ein junger, erst kürzlich herübergekommener Künstler, Namens Vollrath, der einen Empfehlungsbrief an den Baron mitgebracht hatte und dadurch auch bei der Frau Gräfin eingeführt war. Er spielte mit der Comtesse manchmal Clavier, aber die Frau Gräfin sah seinen Besuch nicht gern. Er erwies nämlich Helenen mehr Aufmerksamkeit, als ihrer Mutter lieb schien, und war außerdem blutarm — aber so lange er sich in seinen Schranken hielt, konnte man ihn eben nicht zurückweisen. Die Frau Gräfin hatte indessen schon ernsthaft mit ihrer Tochter über ihn gesprochen.

Die Gräfin selber schien ihre Toilette schon vor dem Ausgange gemacht zu haben; Oskar, obgleich eben von dem scharfen und staubigen Ritte zurückgekehrt, hielt es nicht der Mühe werth, des

Barons wegen die Wäsche zu wechseln — und der Andere war ja nur ein Clavierspieler.

Comtesse Helene dachte nicht so. Von dem wilden Ritte war ihr reiches, schweres Haar gelöst und in Unordnung gerathen; ihren Anzug mußte sie ebenfalls wechseln, und da ihr dazu keine Kammerjungfer zu Gebote stand, bedurfte sie einer länger als gewöhnlichen Zeit, um sich der Gesellschaft, so klein diese auch immer sein mochte, zu zeigen. Oskar, überhaupt heute nicht in der besten Laune, war entsetzlich ungeduldig geworden und hatte den Klöppel der Klingel schon fast ausgeschlenkert, um die, wie er glaubte, saumselige Schwester dadurch etwas rascher herbeizurufen.

Während Graf Oskar so im Zimmer herumlief und seinem Aerger durch verschiedene Ungezogenheiten Luft machte, die Gräfin mit dem Baron Jeorgy an einem der Fenster stand, das eine freundliche Aussicht über die Stadt gewährte, und ein Beider Interessen sehr lebhaft in Anspruch nehmendes Gespräch führte, hatte sich Vollrath an das Instrument gesetzt und intonirte leise einige Lieblings-Melodien Helenen's, theils im einfachen getragenen Thema, theils in geschickt und künstlerisch durchgeführten Variationen.

„Es ist ein trauriges Land,“ sagte endlich der Baron

mit einem tiefen Seufzer, indem er, ohne die Melodie selber zu beachten, den Tact dazu unbewußt auf dem Fenster trommelte — „ein sehr trauriges Land, dieses ausgeschrieene Brasilien, und ich fürchte fast, daß uns ein böser Stern an diese Küste geführt hat, von der ich, aufrichtig gestanden, gar kein rechtes Fortkommen mehr sehe. Ich begreife wenigstens nicht recht, wie man in Europa je, ohne die gehörigen Mittel, wieder standesgemäß auftreten könnte."

„Sie dürfen den Muth nicht verlieren, Baron," bemerkte die in dieser Hinsicht viel resolutere Gräfin. „Ich fange jetzt selber an einzusehen, daß wir alle Beide doch möglicher Weise zu viel Standesvorurtheile mit herüber gebracht haben, um das Leben hier an der richtigen Stelle anzugreifen."

„Aber, beste Frau Gräfin...."

„Ich sehe wenigstens eine Menge Menschen," fuhr die Gräfin fort, ohne die Unterbrechung gelten zu lassen, „die nicht allein ihr Fortkommen auf höchst geschickte Weise finden, sondern auch noch Capital auf Capital zurücklegen, und es fällt mir gar nicht ein, ihnen mehr Verstandeskräfte zuzutrauen, als wir Beide auch besitzen, lieber Baron."

„Aber, beste Frau Gräfin," beharrte der Baron, „der Art Leute sind von Jugend an auf ihre Fäuste angewiesen gewesen, und Sie wollen doch nicht voraussetzen, daß wir Beide etwas Derartiges auch nur annähernd leisten könnten?"

„Ich denke gar nicht daran," sagte die Gräfin mit einem vornehmen Zurückwerfen des Kopfes; „wo aber die rohe Kraft nicht ausreicht, da eben muß der Geist des Menschen eintreten, die Intelligenz, und wir finden es überall bestätigt, daß die erstere, die rohe Kraft meine ich, immer nur für die Speculation arbeitet, und diese eigentlich den Nutzen von jener ärntet."

„Aber auch der Kaufmann braucht praktische Erfahrung," seufzte der Baron, der seine Erfahrung schon außerordentlich theuer hatte bezahlen müssen — „und wir sind Beide zu alt, die noch zu lernen."

„Bah," sagte die Frau Gräfin, den Kopf mit Geringschätzung wiegend, „der Kaufmann ist nicht der einzige Speculirende, auch der Fabrikant speculirt, indem er sich weniger die Waaren als die Kräfte der Menschen selber dienstbar macht."

„Aber, verehrte Frau Gräfin, Sie scheinen ganz zu vergessen, daß auch dazu Capital gehört, ja, und noch ein viel bedeutenderes Capital vielleicht, als zu einer einfachen Speculation in Kaufmannsgütern, und wenn man das Letzte dann darauf gesetzt hätte und es schlüge fehl — was dann? — Denken Sie sich eine Existenz, selbst hier in einer brasilianischen Colonie, ohne die Mittel zu leben — denken Sie sich die Möglichkeit daß man bei diesen frechen und übermüthig gewordenen Bauern gezwungen sein sollte, ein Anlehen zu erheben; es wäre fürchterlich!"

Die Frau Gräfin schien nicht diese Angst vor einer derartigen Calamität zu theilen, deren sogenannte „Furchtbarkeit" sie außerdem schon erprobt hatte, ohne daran zu sterben; aber der Baron brauchte das gerade nicht zu wissen, und sie fuhr wie überlegend fort: „Dafür ist aber auch dem Menschen der Verstand gegeben, daß er ihn richtig gebraucht und anwendet, und sollten die höheren Stände mit allen ihnen zu Gebote stehenden Mitteln nicht besonders da mehr bevorzugt sein, eine größere und gediegenere Kraft in die Wagschale zu werfen, als der rohe und ungebildete Bauer es im Stande wäre?"

„Der rohe und ungebildete Bauer," erwiederte der Baron achselzuckend, „hat von dem Schöpfer eine Art von Instinct bekommen, der gerade da anfängt, wo sein Verstand aufhört, und mit oft unbewußter Benutzung desselben macht er zu Zeiten die erstaunlichsten und unbegreiflichsten Dinge möglich."

„Sie sind eingeschüchtert, lieber Baron,“ sagte die Gräfin lächelnd, indem sie ihre Hand auf seinen Arm legte.

„Und habe alle Ursache dazu,“ seufzte der Baron.

„Sie haben durch eine Reihe von widrigen Zufälligkeiten nicht unbedeutende Verluste erlitten,“ fuhr die Gräfin fort, „das hat Sie kopfscheu gemacht — Oskar, ich bitte Dich um Gottes Willen, laß das furchtbare Getöse mit der Glocke, ich werde wahrhaftig noch ganz nervös —, verlieren Sie jetzt den Muth, so ist Alles verloren, unwiederbringlich. Bewahren Sie sich aber die Elasticität Ihres Geistes, so können Sie mit Einem Schlage alles Verlorene nicht allein wieder einbringen, sondern auch verdoppeln, ja, vielleicht verdreifachen.“

„Das ist eben was ich bezweifle,“ versicherte der Baron; „aber, verehrte Frau, haben Sie vielleicht einen Plan, denn Ihr ganzes Benehmen scheint mir nach einem gewissen Ziele hinzustreben — und wollen Sie mich zu Ihrem Vertrauten machen, so könnte ich Ihnen, wenn auch möglicher Weise mit weiter Nichts, doch vielleicht mit gutem Rathe zur Seite stehen, der oft in nur zu vielen Fällen die Stelle des Capitals vertritt.“

„Ich habe allerdings einen Plan, erwiederte die Gräfin, „der aber schon so weit gediehen ist, daß er des Raths kaum mehr bedarf, denn er basirt auf Thatsachen, auf Zahlen, auf genauer Kenntniß der Grundlagen. Wenn ihn deshalb noch Etwas fördern kann, so ist es einzig und allein Capital. Doch davon später, lieber Baron, denn ich höre eben meine Tochter kommen, und Oskar entwickelt heute eine so liebenswürdige Ungeduld, daß wir das Essen nicht länger warten lassen dürfen."

Der Baron war zu viel Weltmann, um seiner eigenen Ansicht über „Oskar's Ungeduld" einen selbstständigen Ausdruck zu geben. Er machte deshalb nur eine stumme Verbeugung gegen die Gräfin, reichte ihr dann den Arm und führte sie, wie in seinen schönsten Tagen daheim, die drei Schritte bis zu dem einfachen Tannentische. Ueber diesen war aber ein kostbares Damasttuch gebreitet, auf dem neben den weißen Steinguttellern schwere englische Löffel und Gabeln lagen, die im Besitze einer Gräfin recht gut für echtes Silber angesehen werden konnten.

Comtesse Helene betrat in diesem Augenblicke das Zimmer, und Vollrath hatte sein Spiel beendet und das Instrument geschlossen.

Helene war wirklich ein schönes Mädchen von nicht zu hohem, aber schlankem und üppigem Wuchse, mit vollem, fast goldblondem Haare und dabei dunkeln, brennenden Augen, einem verführerischen Grübchen im Kinn, und Hand und Arm vollkommen makellos. Das festanschließende, lichtgraue Kleid von allerdings nur einfach wollenem Stoffe hob ihre Büste so viel mehr hervor, während die selbst schon hierher gedrungene Crinoline nur dann und wann einer kleinen, sehr zierlichen Fußspitze gestattete, an's Tageslicht zu kommen.

„Das gnädige Fräulein sind heute wieder einmal gar nicht fertig geworden," empfing sie Oskar, dessen Laune dadurch nicht gebessert schien, daß Niemand weiter Notiz von ihm genommen. Helene beachtete aber auch den Vorwurf nicht, begrüßte ziemlich förmlich den Baron, nickte Vollrath freundlich zu, und ging dann, ehe dieser mit sich einig geworden schien, ob er ihr den Arm bieten solle oder nicht, rasch zu ihrem Platze am Tische, an dem sie sich, mit einladender Bewegung für die Uebrigen, zuerst niederließ.

Das Diner war so einfach, wie es das Leben in einer solchen Colonie und die Arbeit einer einzelnen Köchin, die zugleich alle anderen Hausdienste verrichten mußte, mit sich bringt: Suppe, ein Braten mit zweierlei Gemüse und etwas eingekochtem Obste, und zum Dessert die vortrefflichen Orangen und Granatäpfel des Landes.

Niemand machte hier auch größere Ansprüche, oder war an Weiteres gewöhnt, und das Gespräch drehte sich während der Tafel hauptsächlich um die neuerwarteten Einwanderer, da sich das Gerücht über deren Ankunft schon durch die ganze Colonie verbreitet hatte. Ist es doch auch immer ein Moment für solche Ansiedelung, einen neuen Zuschuß von Fremden zu bekommen, von denen ein kleiner Theil stets in der Stadt selber bleibt und vielleicht einen neuen Umgang bilden kann, denn bekannt wird man ja natürlich mit Allen.

Nur Vollrath, der neben Helenen saß, war still und einsilbig, und schien sich nicht einmal für Oskar's Ansichten, die dieser über brasilianische Pferde entwickelte, zu interessiren; Oskar sprach überhaupt n u r über Pferde.

Das Diner ging so vorüber — Oskar plauderte in Einem fort, ob ihm Jemand zuhörte oder nicht — der Baron und die Gräfin, in deren Gespräch sich Helene nur manchmal mischte, unterhielten sich lebendig, und nur Vollrath schwieg hartnäckig still. Ein paar Mal schien er freilich den Mund öffnen zu wollen — aber es blieb eben immer nur bei dem Versuch, und Helenen war es nicht entgangen, daß er irgend Etwas auf dem Herzen trage, was ihn beenge — wußte sie was es war? Aber so unbefangen sie sich stets gegen ihn gezeigt, so unbefangen blieb sie auch heute, und als das Diner beendet und die kleine Gesellschaft in den Garten gegangen war, legte sie ruhig und lächelnd ihren Arm in den seinen und sagte: „Kommen Sie, Herr Vollrath, wir wollen ein Wenig auf und ab gehen. — Oskar ist heute unausstehlich, weil ich ihm in unserem Wettrennen vorgekommen bin, und Mama hat, wie es scheint, mit dem alten steifen Baron eine so hochwichtige Besprechung, daß sie alles Andere, was um sie her vorgeht, zu vergessen scheinen."

Vollrath schoß das Blut in Strömen in's Gesicht, aber er verbeugte sich leicht, nahm den Arm und schritt mit der jungen Schönen den Garten entlang. Helenen aber genügte der beschränkte Raum heute nicht: war es die Aufregung des scharfen Rittes, war es der Aerger über den Bruder, kurz, sie stieß die kurze Gartenpforte auf, die an dieser Seite gerade nach den zu einer Art von Promenade umgewandelten Büschen hinausführte, und wanderte langsam mit ihrem Begleiter den schmalen Weg entlang, der, immer in Sicht der Häuser, sich fast um die Ansiedlung schlängelte.

Oskar hatte sich in die Laube auf eine Bank gelegt und rauchte, ein Bein über das andere gelegt, seine Cigarre, und die Gräfin ging mit dem Baron wieder in eifrigem Gespräche im Garten auf und ab.

„Aber, verehrte Frau,“ sagte der Baron jetzt, „Sie rücken noch immer nicht mit Ihrem Projecte heraus. Sie reden nur fortwährend von glänzenden, sorgenfreien Aussichten, von Rückkehr in die Heimath, von — ich weiß selber kaum was, und den eigentlichen Kern dieser Frucht halten Sie im Dunkel. Sie glauben doch sicher nicht, daß ich einen Mißbrauch damit treiben und als Ihr Concurrent in irgend einer glücklichen Speculation auftreten könnte?“

„Mein lieber Baron — nein, das nicht,“ sagte die Gräfin nach einigem Zögern, „und ich habe auch den Entschluß jetzt gefaßt, Sie zu meinem Vertrauten zu machen — vielleicht werden wir doch noch Compagnons,“ lächelte sie dazu.

„Ich bin auf das Aeußerste gespannt,“ sagte der Baron.

„Sie müssen bemerkt haben,“ fuhr die Gräfin

fort, „daß mir sowohl wie Helenen eine Beschäftigung in diesem Lande fehlt.“

Des Barons Blick suchte unwillkürlich die junge Dame, die er gerade noch durch eine Lücke der Bäume mit ihrem Begleiter erkennen konnte.

„Helene besonders,“ fuhr die Gräfin fort, „hat mich schon lange gebeten, eine leichte Arbeit aufzufinden, mit der sie die langen Tage besser hinbringen könne, denn immer Lesen und Clavierspielen geht ja doch auch nicht, noch dazu in einer so prosaischen und sogenannten praktischen Umgebung, wie die ist, in der wir uns befinden.“

„Ich werde immer gespannter,“ versicherte der Baron, und er hatte die Augenbrauen schon bis unter den Hut hinaufgezogen.

„Wenn man nun unter so praktischen Leuten fortwährend lebt,“ lächelte die Gräfin, „so ist es wohl ganz natürlich, daß ein klein Wenig davon auch an unserer Natur hangen bleibt, und ich habe denn auch schon das ganze letzte Jahr nach der und jener Seite hinüber gehorcht, an was man im rechten Augenblicke und mit den rechten Mitteln die Hand legen könnte — ich glaube, ich habe jetzt gefunden was ich suchte.“

„Sie hätten wirklich?“

„Ich habe gefunden und außerdem die genauesten Erkundigungen deshalb eingezogen,“ fuhr die Gräfin fort, „daß hier im Lande eine ganz enorme Quantität von Cigarren verbraucht wird, die man sämmtlich mit einem, zu den Kosten des Rohtabaks in gar keinem Verhältnisse stehenden hohen Preise bezahlt.“

„Cigarren?“ fragte der Baron erstaunt.

„Nun sind gerade gegenwärtig eine Menge junger Leute hier in der Colonie — und es werden mit dem Schiffe noch mehr erwartet — von denen viele, besonders alle aus Bremen stammende, Cigarren zu drehen verstehen. Hier auf diesem Zettel finden Sie außerdem den Preis guten Blättertabaks genau zusammengestellt, eben so die Löhne für die Fabrikarbeiter, die nach dem Hundert oder Tausend bezahlt werden. Eine Cigarre nur einigermaßen guten Tabaks ist aber hier nicht unter zwanzig Reis das Stück zu bekommen, und nun berechnen Sie selber, welcher enorme Nutzen dem Fabrikherrn werden muß, wenn die Sache nur ein klein Wenig in's Große getrieben wird.“

„Hm,“ sagte der Baron, der aber doch nur einen flüchtigen und zerstreuten Blick über das

Papier warf, „und mit etwas Derartigem wollten Sie sich befassen?“

„Und warum denn nicht?“ sagte die Frau Gräfin, indem sie einer leichten Verlegenheit Meister zu werden suchte. „Wir müssen in der That eine Art von Beschäftigung haben, wenn wir hier nicht vor Langerweile sterben sollen, und Helene sehnt sich so danach, ja selbst Oskar, der jetzt vor lauter Muthwillen gar nicht weiß, was er für Tollheiten angeben soll.“

Der Baron Jeorgy war in der That Nichts weniger auf der Welt als ein praktischer Charakter, der auf einen gewissen Ueberblick Anspruch machen konnte, um wirklich Ausführbares von bloßen Chimären zu unterscheiden. Hatte er aber schon zu viele bittere Erfahrungen mit ähnlichen Projecten gehabt, oder war es ihm vollkommen unmöglich, sich die Comtesse Helene und den jungen wilden Grafen Oskar als ehrbare Cigarrenmacher zu denken, aber er schüttelte doch ganz ernsthaft und bedenklich mit dem Kopfe und sagte:

„Aber, gnädigste Frau Gräfin, haben Sie sich denn die Sache wirklich schon recht genau überlegt, und vermuthen Sie, daß Sie einen, alle dem Aerger und der Schererei entsprechenden Nutzen daraus ziehen könnten?“

„Mein lieber Baron,“ erwiederte die Gräfin lebhaft, „das können Sie sich doch wohl denken, daß ich ein solches Unternehmen nicht entriren würde, wenn ich mich nicht vorher gründlich damit bekannt gemacht. Helene brennt ordentlich darauf zu beginnen, und Oskar selber hat versichert, daß es ihm ungeheuren Spaß machen würde, selber Cigarren zu drehen.“

„So? In der That? Hm! Und haben die beiden jungen Herrschaften also darin schon einen Versuch gemacht?“

„Jetzt schon — wo denken Sie hin?“ lachte die Gräfin. „Das selber Cigarren machen muß doch auch immer nur Nebenbeschäftigung bleiben, wenn es vielmehr darauf ankommt, eine große Anzahl von Arbeitern zu überwachen. Aber es ist nöthig, daß es Jeder von uns versteht, um etwa vorkommende Fehler andeuten und rügen zu können, und deshalb wollen wir auch Alle ordentlich mit zugreifen.“

Der Baron, die Hände auf den Rücken gelegt, nickte langsam und bedächtig mit dem Kopfe, und manchmal schüttelte er ihn auch ganz in Gedanken, aber er sagte kein Wort. Es entstand dadurch für die Gräfin eine etwas peinliche Pause, denn sie hatte erwartet, daß der Baron die Enthüllung dieses Planes mit mehr Enthusiasmus aufnehmen würde. Der Baron blieb aber vollkommen kalt, und schien nicht die geringste Lust zu haben auch nur eine Bemerkung zu machen.

„Und was sagen Sie dazu?“ unterbrach endlich die Gräfin das ihr lästig werdende Schweigen. — Der Baron zuckte die Achseln.

„Ja, lieber Gott, was kann ich dazu sagen? Ich verstehe nicht das Geringste von Tabak oder Cigarren, das ausgenommen, daß ich beim Rauchen eine gute von einer schlechten unterscheiden kann. Wenn Sie aber fest dazu entschlossen sind und das nöthige Capital dazu besitzen, so — weiß ich in der That nicht...“

„Aber das gerade hab' ich noch nicht,“ unterbrach ihn die Gräfin etwas gereizt, „wenigstens nicht in diesem Augenblicke, und meine Ungeduld, die mich jeden neu gefaßten Plan mit voller Energie ergreifen läßt, war die alleinige Veranlassung, daß ich Ihnen Gelegenheit gab, sich bei dem Unternehmen zu betheiligen. Sie zweifeln doch nicht etwa an dem Erfolg?“

„Beste Frau Gräfin,“ betheuerte der Baron, der, stets voller Rücksichtsnahmen, schon vor der Idee eines Widerspruches zurückschreckte; „ich erlaube mir nicht im Geringsten daran zu zweiseln, und hoffe von ganzer Seele, daß Sie ein außergewöhnlich günstiges Resultat erzielen werden, aber —"

„Aber?"

„Aber," fuhr der Baron, sich verlegen die Hände reibend, fort, — „ich besitze kein Capital, um mich dabei zu betheiligen."

„Sie besitzen kein Capital?" sagte die Gräfin erstaunt.

„Ich besitze allerdings ein kleines", verbesserte sich der Baron, „was ich aus dem Verkaufe meiner Chagra und meines Viehes, besonders meiner Pferde, gelöst habe, aber ich brauche das nothwendig zu meinem unmittelbaren Leben, und wenn ich dasselbe angreife, bin ich am Ende genöthigt, mir noch auf meine alten Tage mein Brod mit Handarbeit zu verdienen."

„Und glauben Sie nicht, daß Sie das Drei-, ja, vielleicht Vierfache ihrer jetzigen Zinsen bei einem solchen Unternehmen herausschlagen könnten?" lächelte die Gräfin.

Der Baron hätte um sein Leben gern „Nein" gesagt, aber er riskirte es nicht; die etwas hitzige Gräfin hätte sich beleidigt fühlen können, und er erwiederte nur achselzuckend:

„Ich bin zu alt zur Speculation, meine Gnädigste, und — außerdem ist mir die Sache auch wirklich noch zu neu — zu fremd — es kam mir zu überraschend. Gestatten Sie mir, daß ich mich vorher ein Wenig informire, und wir können ja dann später mit Muße darüber sprechen."

„Aber die Zeit drängt, mein bester Baron," versicherte die Gräfin; „ich habe die nicht unbegründete Vermuthung, daß sich Andere mit einer ähnlichen Idee tragen, und es ist in der That seltsam, daß ein solches auf der Hand liegendes Unternehmen nicht schon lange mit Begierde aufgegriffen ist. Was also geschehen soll, muß rasch geschehen. Ich habe dabei von Anfang an auf Sie gerechnet, da ich Sie als alten, lieben Freund meines Hauses kannte, und ich hoffe nicht, daß Sie mich jetzt im Stiche lassen werden."

Dem Baron kam es allerdings etwas wunderlich vor, daß die Frau Gräfin gerade auf ihn von Anfang an gerechnet haben sollte, während sie ihn erst im letzten entscheidenden Augenblicke davon in Kenntniß setzte. So groß seine Höflichkeit aber auch sein mochte, der Trieb zur Selbsterhaltung war doch noch größer, und mit viel mehr Entschiedenheit, als er bis jetzt gezeigt und überhaupt der Gräfin gegenüber für möglich gehalten hätte, sagte er, indem er seine Tabaksdose in allen Taschen suchte:

„Man soll eine Dame nie im Stiche lassen, meine Gnädigste, aber — ich bitte tausendmal meiner Hartnäckigkeit wegen um Entschuldigung — ich muß doch darauf bestehen, vor allen Dingen mir eine größere Kenntniß über den Betrieb dieser Angelegenheit zu verschaffen. Apropos — sollte sich der Director Sarno nicht am Ende bewogen finden, ein so gemeinnütziges Unternehmen aus Regierungsmitteln zu fördern?"

Ein ganz eigener Ausdruck von Zorn und Verachtung zuckte um die Lippen der Dame, als sie erwiederte:

„Ja, wenn ihm Einer der Bauern den Vorschlag gemacht hätte."

„So haben Sie schon mit ihm darüber gesprochen?" rief der Baron, von dieser Wendung sichtlich überrascht.

Die Gräfin hatte sich in ihrem Unmuthe verleiten lassen, mehr zu sagen als sie eigentlich wollte. Was noch gut zu machen war, that sie.

„Fällt mir nicht ein," sagte sie wegwerfend; „der Herr Director und ich stehen nicht auf einem so freundschaftlichen Fuße zusammen, ihm eine solche Mittheilung zu machen, und ich werde mich hüten, mit der brasilianischen Regierung etwas Derärtiges zu beginnen, die mir vielleicht fünfzehn oder zwanzig Procent für meine Mühe ließe. Doch Sie verlangen Zeit, mein lieber, ängstlicher Freund, und sein Sie versichert, daß ich Sie nicht drängen möchte. Ueberlegen Sie sich also die Sache, sagen Sie mir aber bis spätestens morgen früh Antwort, oder" — setzte sie hinzu, indem sie lächelnd mit dem Finger drohte — „ich halte mich an kein Versprechen mehr gebunden, und sehe mich nach einem andern Compagnon um."

Der Baron machte eine stumme, dankende Verbeugung, schien aber von dieser directen Drohung keineswegs so eingeschüchtert, wie es die Wichtigkeit der Sache hätte sollen vermuthen lassen. In diesem Augenblicke bekam er aber auch Succurs, denn ihr Gespräch wurde durch jenes wunderliche Individuum, Jeremias, unterbrochen, der plötzlich in den Garten kam, ohne Weiteres auf die Frau Gräfin und den Baron zuging, und Beiden, ehe sie es verhindern konnten, auf das Cordialste die Hand schüttelte. Oskar, der Zeuge dieser Scene war, lag noch immer in der Laube auf der Bank und wollte sich jetzt ausschütten vor Lachen.

Oskar war auch in der That die eigentliche Ursache dieser plötzlichen Begrüßung gewesen, denn während er in der Laube seine Siesta hielt, da ihn die Projecte der Frau Mutter wenig interessirten, hatte er nur über seinen heutigen Verlust, den Pferdejungen, nachgedacht, der sich auf so grobe Weise empfohlen, und dabei hin und her überlegt, wie er denselben wohl ersetzen könne. Da ging Jeremias, ebenfalls auf einem Sonntag-Nachmittag-Spaziergange begriffen, an der Laube vorüber, und Oskar, der den sonderbaren Burschen schon kannte, und sich oft über ihn amüsirt hatte, glaubte in ihm einen passenden Ersatz gefunden zu haben und rief ihn auch ohne Weiteres an und herein.

„Guten Tag, Frau Gräfin," sagte Jeremias indessen, durch das etwas erstaunte Zurückfahren der Dame nicht im Mindesten beirrt — „schönen guten Tag, Herr Baron — prächtiges Wetter heute — wie bei uns im Sommer — nur ein Bißchen heiß — Herr Gott, wie man schwitzt!"

„Und was wollen Sie?" fragte die Gräfin, wie in Gedanken die eben erfaßte Hand mit ihrem Batisttuche abwischend. Jeremias war das auch nicht entgangen; er betrachtete ebenfalls seine eigenen arbeitharten Fäuste, und sein Gesicht verzog sich zu einem breiten Grinsen. Aber er nahm weiter keine Notiz davon, sondern sagte nur, freundlich ihr zunickend:

„Der junge Herr da hinten hat mich gerufen; will einmal zu ihm gehen und sehen, was er wünscht — amüsiren Sie sich gut" — und mit einer Art von Kratzfuß drückte er den Hut wieder in die Stirn und wandte sich dorthin, wo Oskar schon wieder sein: „Jeremias, hieher!" herüber rief.

„Hat ihm schon," antwortete Jeremias, als er in die Laube trat, sich ohne Weiteres auf die andere Bank setzte und vergnügt mit den kurzen Beinen schlenkerte; „hier ist's hübsch kühl; wenn man jetzt hier ein Maß baierisch Bier und einen Handkäs hätte, könnte man's eine ganze lange Weile aushalten."

Oskar hatte sich das Benehmen eines künftigen Pferdejungen wahrscheinlich anders gedacht; mit den Sonderbarkeiten des Burschen aber schon bekannt, beachtete er es nicht weiter und fragte ohne Umschweife:

„Willst Du Geld verdienen, Jeremias?"

„Immer," lautete die kurze bündige Antwort.

„Kannst Du Pferde warten?"

„Kann ich?" sagte Jeremias im Selbstvertrauen.

„Und wie viel verlangst Du monatlich?"

„Hm," meinte der Bursche, den brennend

rothen Schopf kratzend, der sich jetzt, als er dazu den Hut abnahm, als eine alte, ziemlich abgetragene Perrücke auswies, „je mehr, je besser — was lohnt's denn eigentlich?"

„Sechs Milreis."

„Und sonst noch was?"

„Stiefelputzen —"

„Ne, so mein' ich's nicht," sagte Jeremias, „ob noch sonst etwas bei den sechs Milreis wäre, wie Schnaps, Frühstück, Trinkgeld oder dergleichen."

„Wenn Du Dich gut hältst, gewiß," sagte der junge Graf.

Jeremias schob beide Hände, so tief er sie bekommen konnte, in seine Hosentaschen und spitzte den Mund, als ob er ein Liedchen pfeifen wolle. Er pfiff aber nicht, sondern sah nur nachdenklich vor sich nieder. Endlich sagte er nach einer kleinen Pause, indem er die Hände wieder aus den Taschen nahm und seine Perrücke zurecht schob:

„Na, ich will Ihnen etwas sagen, junger Herr, wir wollen's einmal einen Monat zusammen versuchen, wöchentliche Kündigung natürlich von beiden Theilen, wenn ich I h n e n nicht gefallen sollte oder Sie m i r nicht — außerdem gegenseitige Hochachtung und ein Milreis Handgeld —

sind Sie das zufrieden?" — und er hielt dabei Oskar die Hand in so drolliger Weise zum Einschlagen hin, daß der junge Bursche, der bei Erwähnung des Milreis Handgeld einen Augenblick gestutzt hatte, lachend einschlug und ausrief:

„Gut, Jeremias, so wollen wir es denn, wie Du sagst, einmal zusammen versuchen — hier ist Dein Milreis, und nun beginne Dein Geschäft gleich damit, daß Du vor das Haus gehst und das dort stehende Pferd meiner Schwester hereinführst und absattelst."

„Donnerwetter, das geht geschwind!" meinte Jeremias, „und eigentlich wäre heute Sonntag. Das arme Thier kann aber auch nicht da draußen stehen bleiben — also, junger Herr, wir sind jetzt für einen Monat mit einander zusammengegeben, wie der Pfarrer sagt."

Dabei nahm er das Milreisstück, betrachtete es einen Moment aufmerksam, schob es dann in die Tasche, machte eine kurze, nicht ungeschickte Verbeugung und verließ rasch den Garten, um den überkommenen ersten Auftrag auszuführen.

Aber auch der Baron hatte diese kleine, ihm sehr gelegene Unterbrechung benutzt, dem ihm unangenehm werdenden Gespräche mit der Gräfin eine andere Wendung zu geben, und als jetzt auch die Comtesse zurückkehrte, die Vollrath aber nur bis an die Gartenthür begleitete und sich dann empfahl, schützte er plötzliches Kopfweh vor und beurlaubte sich ebenfalls mit der gewohnten Förmlichkeit bei den Damen.

Die Gräfin hatte indessen Vollrath ankommen und wieder gehen sehen, und wenn sich ihr Geist auch gerade mit ganz anderen Dingen beschäftigte, war ihr doch das auffallend bleiche und niedergedrückte Aussehen des jungen Mannes nicht entgangen. Sie warf einen forschenden Blick auf ihre Tochter, aber Helenens Antlitz, wenn ihre Augen auch einen ganz ungewohnten Glanz hatten, verrieth durch Nichts einen in ihr aufsteigenden, plötzlichen Verdacht. Nur, als das junge Mädchen den Kopf abwandte — vielleicht um ihr Antlitz dem mißtrauischen Auge der Mutter zu entziehen — und sich dem Hause zuwandte, sagte die Dame leise:

„Helene!“

„Mutter?“ fragte die Tochter und wandte sich halb nach ihr um.

„Was ist denn mit Vollrath vorgegangen? Er hatte, als er Dich verließ, keinen Blutstropfen in seinem Gesichte.“

„Wirklich nicht? Ich habe es nicht beachtet.“

„Und Du bist auch so sonderbar.“

„Ich, Mutter?“

„Ja — Du — Helene, ich will nicht hoffen, daß Du....“

„Was, Mutter?“ sagte Helene, und ihr Auge haftete kalt und ernst auf den strengen Zügen derselben.

„Es ist gut, mein Kind,“ sagte die Gräfin, die sie einen Moment aufmerksam betrachtet hatte. „Ich glaube, ich kann mich fest auf Dich verlassen, und Du bedarfst keiner Wächterin.“

„Ich denke nicht, Mutter,“ sagte Helene, indem ein leichtes zorniges Roth ihre Wangen färbte. Dann wandte sie den Kopf wieder ab und schritt, ohne der Mutter Gelegenheit zu weiteren Fragen zu geben, rasch in das Haus hinein und hinauf in ihr Zimmer, wo sie sich einschloß und an dem Abend nicht mehr zum Vorschein kam.

4.

Die „Meierei“.

Dicht über der Colonie Santa Clara, wenn man in gerader Richtung eben hätte hinauf kommen können, aber durch einen ziemlich steilen Hang, an dem nicht einmal ein Fußsteig empor führte, davon getrennt, lag die Wohnung des Colonisten Meier, den der Director gegen Könnern den Einsiedler genannt hatte. Allerdings lief ein Fahrweg bis dicht an seine kleine, wenig bebaute Chagra, aber er wurde nicht häufig benutzt, da er nur zu sehr entfernten Ansiedelungen führte, und die Bewohner der „Meierei“ — wie man den Platz scherzweise genannt hatte — kamen nie selber in die Colonie hinab. Insbesondere der Eigenthümer, der alte Herr Meier, hielt sich so von der Welt abgeschlossen, daß es eine Menge älterer Ansiedler in Santa Clara gab, die sich gar nicht erinnerten, sein Gesicht je gesehen zu haben.

Auffallend war dabei, daß er nie Briefe empfing oder schrieb, und doch mußte er sich, seinem ganzen Wesen, allen seinen Gewohnheiten nach daheim in der besten Gesellschaft bewegt haben. Wie er aber sein kleines Haus dicht hinter den Schutz der Bäume gebaut hatte, daß es lauschig und versteckt dort lag, weder gestört, noch selbst beachtet von der Außenwelt, so hielt er sich selber und seine Familie dem regen Leben und Treiben fern, das unter ihm wogte — es nicht suchend und nicht von ihm gesucht.

Er lebte dabei ganz seiner Familie, mit der er sich einzig und allein beschäftigte und in der er vollkommenen Ersatz für die übrige Welt zu finden schien. Im ersten Jahre freilich fehlte dem an Thätigkeit gewohnten Manne eine bestimmte und ausgesprochene Beschäftigung, und er genügte dem Drange nach Arbeit nur dadurch, daß er seinen eigenen Garten anlegte, umgrub und pflanzte. Das aber konnte ihn auf die Länge der Zeit nicht befriedigen, und da er manche Tischlerarbeiten in seinem Hause zu machen hatte, und einen jungen, sehr geschickten Arbeiter dazu fand, schaffte er sich selber Werkzeug an und lernte bald die verschiedenen Griffe und Vortheile dieses Handwerks. Dann kaufte er sich eine Drehbank, und nahm sich auch hiefür auf kurze Zeit einen Lehrer an. Außerdem verstand er schon daheim ein Wenig von der Malerei, was er jetzt in seinen Mußestunden noch weiter ausbildete. Eine recht hübsche Bibliothek hatte er sich ebenfalls angeschafft, und da er bei allen diesen Beschäftigungen viel praktischen Verstand besaß, so richtete er sich in wenigen Jahren seine kleine Heimath so allerliebst und traulich her, daß jedes Zimmer einem Puppenstübchen glich, ohne daß er dabei aber auch nur den geringsten Luxus getrieben hätte.

Nach Außen vermied er jedoch Alles, was nur im Geringsten die Aufmerksamkeit eines Fremden hätte auf sich ziehen können; er wollte nun einmal mit der Welt keinen Verkehr haben, und was ihn auch dazu bewogen haben konnte, auf die geschickteste Weise wich er jeder Annäherung fremder Menschen aus.

Seine Familie bestand, wie schon erwähnt, nur aus seiner Frau und einer erwachsenen Tochter. Diese, Elise, hatte erst dreizehn Sommer gezählt, als er, vor nun sieben Jahren, die damals kaum entstandene und noch ziemlich wilde Colonie erreichte, und wenn auch ein junges Mädchen in diesem Alter wohl berechtigt ist, größere Ansprüche an das Leben zu stellen, während sie hier — obgleich von allen Bequemlichkeiten umgeben — wie auf einer wüsten Insel saß, so schien doch Elise das nie zu fühlen oder irgend einen andern Wunsch zu kennen als den, die Häuslichkeit ihrer Eltern eben zu theilen, wie sie war. Auch auf ihren Charakter hatte das stille, abgeschlossene Leben nicht den geringsten nachtheiligen Einfluß ausgeübt. Sie war immer heiter und guter Laune und eigentlich das einzige sonnige Element im Hause.

Wenn auch ihre Eltern selbst glücklich mit einander lebten, und nie ein hartes oder auch nur unfreundliches Wort zwischen ihnen vorfiel, so lag doch auf des Vaters Stirn nur zu oft ein tief eingeschnittener Zug von Schwermuth, den wegzuscheuchen nur allein der Tochter, nie der Mutter gelang.

Noth oder Sorge um den Lebensunterhalt konnte das nicht sein, denn Meier war, wenn auch vielleicht nicht reich, doch keineswegs ohne die Mittel, sich eine sichere Existenz zu wahren. Konnte es Heimweh sein — vielleicht, aber Niemand erfuhr das, Niemand hörte je eine Klage, wie er etwaigen Fremden, mit denen er trotz aller Vorsicht gelegentlich zusammentraf, wenn er nur die Schüchternheit der ersten Begegnung überwunden hatte, auch stets das nämliche freundliche Lächeln zeigte. Es lag dabei etwas in seinem ganzen Wesen, das rasch für ihn einnahm, wenn man nur kurze Zeit in seiner Nähe weilte. War es das lange, schlichte, schneeweiße Haar, das er mitten auf dem Kopfe gescheitelt trug, und das sonderbarer Weise erst hier in Brasilien diese Farbe des Alters, und zwar gleich im ersten Jahre, angenommen hatte, war es der leichte, leidende Zug um den Mund, den selbst das Lächeln der feingeschnittenen Lippen nicht ganz zerstören konnte, war es sein mildes, nachgebendes Wesen, man wußte es selber nicht, aber konnte dem Manne, trotz seiner Eigenheit, nie böse sein.

Nicht ganz den freundlichen Eindruck machte seine Gattin, obgleich man auch ihr auf den ersten Blick ansah, daß sie sich stets in guter Gesellschaft bewegt habe. Sie hatte das Kalte, Zurückhaltende ihres Mannes, ohne dessen milde Freundlichkeit, und der mißtrauische Blick ihres kleinen, grauen Auges, mit dem sie jeden Fremden, ja, selbst Leute, die sie lange als Nachbarn kannte, betrachtete, munterte eben nicht zu einem freundlichen Zusammenleben mit ihr auf. Uebrigens war sie eine noch recht hübsche, stattliche Frau, von vielleicht sieben oder achtunddreißig Jahren, und die einzige Meinungsverschiedenheit, welche je zwischen ihr und ihrem Gatten auftauchte, war die, daß sie sich mehr dem geselligen Leben der Colonie hinzugeben wünschte.

So nachgebend dieser aber auch in jeder andern Beziehung sein mochte, an dieser Klippe scheiterte selbst jede Bitte von Frau und Tochter. Was ihnen das eigene Haus an Bequemlichkeit, ja, selbst hier und da an einem versteckten Luxus bieten konnte, dazu reichte er mit Freuden die Hand und erfüllte selbst jeden nur geahnten Wunsch; aber über die Gränze seines kleinen Besitzthums ging er nicht hinaus, und sogar das zufällige Lichten der Pflanzenmauer, die seinen kleinen Klosterhof umschloß und, durch den Sturm niedergebrochen, sein Haus der Aussicht öffnete, schien ihn zu geniren und zu stören. Er versäumte wenigstens keine Stunde am nächsten Morgen, die zerrissene Lücke durch eine Anpflanzung anderer junger Palmen und Büsche zu ersetzen, die freilich jetzt Zeit brauchten, bis sie die nöthige Höhe wieder erreichten, aber doch wenigstens den untern Theil des Hauses deckten.

Es war an dem nämlichen Sonntagnachmittage, daß drei Reiter den schmalen Weg heraufritten, der zu der sogenannten „Meierei“ führte, der Director Sarno mit den beiden Freunden Könnern und Günther; und erst, als sie in die Nähe des kleinen, freundlich gelegenen Hauses kamen, hielt der Director sein Pferd an und sagte, mit dem Arme in eine früher gehauene Schneuße hinein deutend:

„Sehen Sie, Herr von Schwartzau, dies ist die zweite, alte Linie, die damals von jenem Stümper ausgeschlagen wurde. Wenn Sie nur Ihren Taschencompaß herausnehmen, sehen Sie schon welchen Bock jener gescheute Herr geschossen, der es möglich machte, die Variation auf die verkehrte Seite vom Pol zu legen. Die ganze Vermessung ist dadurch vollkommen werthlos geworden und muß neu gemacht werden. Die nächst gelegenen sechs Colonien gehören aber jenem Herrn in dem Hause da drüben, der sich einen ziemlich bedeutenden Landstrich hier erworben, nur um, wie es scheint, keinen nahen Nachbar zu bekommen, denn was er selber bis jetzt urbar gemacht, ist sehr unbedeutend. Jedenfalls müssen wir aber dessen Gränzen mit bestimmen, damit wir wissen wo das noch freie Land beginnt, und ich möchte diesen District, wie jenen südlich von der Ansiedlung, am Liebsten zuerst in Angriff genommen haben. Diesen hier nehmen Sie also vielleicht gleich morgen vor, denn von hier aus streckt sich eine ziemlich ausgedehnte Hochebene mit nur leiser Steigung dem nächsten Bergrücken zu, und Sie können hier eine tüchtige Anzahl Varas den Tag ablegen."

„Und ist der Wald sehr dicht?"

„Nicht übermäßig. Ich will Ihnen Ihr Amt auch nicht zu schwer machen und einen zu breiten Ausschlag verlangen, gründlich müssen die Linien aber gelegt und die Bäume besonders so markirt werden, daß die hiesige Vegetation nicht die Spuren in ein paar Jahren wieder verwächst und vernichtet — wir sprechen darüber noch heute Abend, ob wir Theer mit Buchstaben von weißer Oelfarbe oder vielleicht gar Blechplatten nehmen, was freilich bedeutend mehr Kosten macht."

„Und wie viel Leute glauben Sie, daß ich mit mir nehmen soll?"

„Kommen Sie, wir reiten einmal ein kurzes Stück in den Wald hinein, der sich dort hinüber ziemlich gleich bleibt," erwiederte der Director, „Sie können es dann selber leicht beurtheilen. Sparen Sie lieber nicht mit den Leuten, wenn

Sie dadurch rascher vorwärts rücken, denn Sie vermessen ja dafür auch so viel mehr, und ich garantire Ihnen, daß Sie hier, um nur das Nothwendigste fertig zu bringen, drei volle Monate scharfe Arbeit haben. Je mehr wir aber in der möglichst kurzen Zeit beenden, desto besser ist es; denn wenn uns die neuen Ansiedler erst noch auf den Hals kommen, und ich weiß nicht wo ich sie unterbringen soll — dann ist es mit dem Frieden hier vorbei."

Mit diesen Worten wandte er sein Pferd und ritt in einen schmalen Seitenpfad, von Günther gefolgt, hinein, während Könnern noch in dem breiten Wege hielt und sich Meier's stille und trauliche Heimath betrachtete. Es lag ein ganz eigener Zauber über dem Platze, dem die hier vollkommen tropische Vegetation durch angepflanzte Palmen, Farren und die wunderliche Baumform der Pinien einen noch viel größeren Reiz verlieh.

Gern wäre er auch einmal zu dem Hause hinüber geritten, die Insassen desselben kennen zu lernen, denn daß der Alte so vollkommen menschenscheu sein sollte, glaubte er noch nicht recht. Aber er durfte seine Gesellschaft nicht zu weit aus den Augen verlieren, und der Director wie Schwartzau waren viel zu sehr in ihr „Terrain" vertieft, um sich in diesem Augenblicke um etwas Anderes zu kümmern, als Nord und Süd und Ecken und Fronten. Günther hatte dazu seinen kleinen Compaß herausgenommen und visirte damit, als sie den Pfad entlang ritten, dicht an einer viel interessanteren Front vorüber, wie sie die bestgelegene Colonie hätte bieten können, ohne sie auch nur zu sehen, nämlich an einem reizenden jungen Mädchen, das, vielleicht sechs Schritte von dem Pfade entfernt, mit einem Buche in der Hand unter einer halb natürlichen, halb durch Kunst hergestellten Laube saß, und ohne sich zu rühren, die vorbeireitenden und in tiefem Gespräche begriffenen Männer beobachtete.

Sie würde sich in der That lieber ganz zurückgezogen haben, hätte sie nicht gefürchtet durch eine Bewegung ihre Gegenwart zu verrathen. Jetzt erst, als sie vorüber und schon halb von den Büschen verdeckt waren, richtete sie sich empor und drehte den Kopf um, ihnen nachzusehen.

In diesem Augenblicke passirte Könnern die versteckte Laube. Mit keinem solchen Interesse an der Vermessung des Bodens, und in der alten Gewohnheit des Jägers, das Auge jedem sich regenden Punkte rasch zuzuwenden, entdeckte er kaum die liebliche, jetzt verlegen erröthende Gestalt, als er auch unwillkürlich sein Pferd anhielt und achtungsvoll die Jungfrau grüßte.

War aber für ihn nicht die geringste Veranlassung gewesen, hier zu halten, so besaß er entweder in dem Momente nicht Geistesgegenwart genug, seinem Thiere wieder rasch den Sporn zu geben, oder die freundliche Erscheinung fesselte ihn so, daß er sich nicht gleich wieder losreißen konnte und wollte, und nur, um sich aus einer peinlich werdenden Situation zu bringen, sagte er verlegen:

„Ich muß tausendmal um Entschuldigung bitten Sie gestört zu haben, Sennora, aber ich vermuthete hier in der That Niemanden, mitten im Walde."

„Sie haben mich nicht gestört," erwiederte Elise mit ihrem gewinnenden Lächeln, denn die Verlegenheit des jungen Fremden war ihr keineswegs entgangen; „ich fürchte nur, daß Ihre vorangerittenen Freunde den Weg verfehlt haben, denn dieser Pfad führt allein wenige Hundert Schritte in den Wald hinein und endet dann in einem verworrenen, von Schlingpflanzen durchwachsenen Dickicht, durch das sie mit ihren Pferden nicht dringen können."

„Also müssen sie wieder diesen Weg zurück?" fragte Könnern, sichtlich darüber erfreut, denn er bekam dadurch eine Entschuldigung, sie hier zu erwarten.

„Allerdings,“ erwiederte das Mädchen — „wollen Sie denn zur Colonie hinunter?“

„Wenn Sie das kleine Städtchen meinen, nein. Wir kommen eben daher und sind nur auf einem Spazierritte, auf dem die beiden Herren da vorn das Terrain recognosciren, um nöthige Vermessungen vorzunehmen.“

Die Jungfrau, welche, als sie der Fremde anredete, aufgestanden war, verbeugte sich leicht und schwieg, und Können, der nicht den geringsten Anhaltspunkt sah, das Gespräch in schicklicher Weise fortzusetzen, grüßte noch viel verlegener als vorher und folgte jetzt den beiden Freunden, die er gleich darauf an der von Elisen angedeuteten Stelle überholte.

Es war das der nämliche Platz, wo der Director damals die verkehrten Arbeiten des von der Frau Präsidentin herübergeschickten Vermessers unterbrochen hatte, und alle Drei wandten nun ihre Thiere, um auf den breiteren Weg zurückzukehren.

Als sie die Laube passirten, warf Können freilich den Blick hinüber, um nach der freundlichen Gestalt zu suchen; aber wie eine Erscheinung war sie verschwunden, und nur auf der Bank, auf welcher sie gesessen hatte, lagen ein paar Blumen, die sie wahrscheinlich mit herausgenommen und in der Eile ihres Rückzuges auf dem Sitze gelassen hatte.

Könnern, der jetzt voranritt, hatte die Blüthen augenblicklich bemerkt, und ehe er sich selber über das was er that Rechenschaft geben konnte, hielt er an, stieg vom Pferde und schnallte seinen Sattelgurt ein Loch empor. Dadurch gab er seinen Begleitern Zeit an ihm vorüber zu reiten, und als er sie voraus sah, trat er rasch in die Laube, nahm die Blumen, legte sie in sein Taschenbuch, stieg dann wieder auf und folgte, ohne sich umzusehen, den Vorausgerittenen. — Und doch hatte ihn dieses Mal sein sonst so scharfes Auge im Stiche gelassen, denn hinter einem kleinen Dickicht der hier gerade sehr üppig wachsenden Flachs- oder Tucung-Pflanze, hinter die sich Elise zurückgezogen, um die Fremden erst vorüber zu lassen, hatten ein Paar lächelnde Augen seinen unschuldigen Raub beobachtet und folgten ihm, bis sich der Wald wieder hinter ihm schloß.

Könnern überholte seine Begleiter dicht am Hause des menschenscheuen Meier, der aber durch einen geschickt gefällten Baum die Passage so gelegt hatte, daß sie nicht unmittelbar an seinem Garten vorüberführte, sondern diesen durch sorgfältig gepflegte Büsche vollständig verdeckt hielt.

„Hier wohnt der sonderbare Kauz,“ sagte der Director, mit der Hand in das Dickicht zeigend, durch welches das Dach nur undeutlich herausschimmerte. „Wenn mit dem Manne nur irgend ein Umgang wäre, wollte ich vorschlagen daß wir anhielten und ihm wenigstens guten Tag sagten. Schade um das allerliebste Mädchen, das der alte Brummbär hier wie eine Nonne gefangen hält.“

„Eine Brünette?“ fragte Könnern.

„Ja,“ erwiederte der Director; „aber wie, zum Teufel, haben Sie das schon ausgefunden? Sie sind doch, so viel ich weiß, zum ersten Male in der Colonie.“

„Hätten es die Herren nicht gerade so gemacht wie der vorige Landvermesser,“ lachte Könnern, „und die Variation auf der verkehrten Seite der Nadel gesucht, so würden Sie, nur ein paar Striche aus dem Cours, eine allerliebste junge Dame im Walde gesehen haben, die sich da draußen mit irgend einer Lectüre die Zeit vertrieb.“

„Und davon haben Sie uns kein Wort gesagt?“ rief Günther.

„Ich durfte Sie doch nicht stören,“ lächelte

der junge Mann; „übrigens glaubte ich auch, daß wir sie auf dem Wege hierher überholen würden; sie muß sich aber auch sehr geeilt haben, um uns voraus zu kommen.“

„Merkwürdige Leute,“ meinte der Director kopfschüttelnd; „aber jedenfalls werden Sie mit dem Alten bekannt werden, Schwartzau, denn Sie müssen ihn aufsuchen, wenn Sie auf seinem Lande die Vermessung beginnen, damit er dabei ist und die Gränzen kennen lernt. Er wird es sich auch wahrscheinlich nicht nehmen lassen, die Eckbäume selber dauernd zu bezeichnen, und das erspart Ihnen gleich eine Arbeit.“

„Dann begleite ich Sie,“ sagte Könnern, „ich interessire mich für alle Originale.“

„Besonders wenn es Brünetten sind, wie mir scheint,“ lachte der Director; „Sie mögen aber immerhin in diese Gegend einen kleinen Jagdzug machen, denn wenn Sie der dichte Wald nicht stört, finden Sie doch wohl hier und da ein Stück Roth- oder Schwarzwild, oder vielleicht gar einen Tapir, die hier zuweilen ebenfalls vorkommen. Jetzt aber, meine Herren, dürfen wir unsere Zeit nicht länger vergeuden, wenn wir den andern Strich ebenfalls besuchen wollen. Sobald wir weiter oben die ordentliche Straße erreicht haben, können wir auch unsere Thiere besser ausgreifen lassen“ — und dem seinigen die Sporen gebend, trabte er, so rasch es ihm der noch ziemlich unebene Boden gestattete, auf dem schmalen Wege hin in den Wald hinein.

So wenig sie aber dabei von den Einwohnern des Platzes gesehen hatten, so waren sie doch nicht eben so unbeachtet daran vorübergeritten, denn der Eigenthümer des Hauses schien sich für alle Fremden lebhaft zu interessiren, wenn er auch nicht mit ihnen in persönliche Berührung kommen wollte.

Zu diesem Zwecke hatte er sich eine ordentliche kleine Warte gebaut, in welche die eine Ecke seines Gartens, ohne von Außen bemerkbar zu sein, auslief. Das war zugleich ein Lieblingsplatz geworden, wenn er keine andere Arbeit vorhatte, und er las oder schrieb gerade dort am Liebsten, da er sich hier vollkommen ungestört wußte.

Das letzte Gespräch der Männer war gerade vor diesem Ausguck gehalten, und Meier, der mit einem Buche in der Hand in seiner Laube saß, dadurch auf die Fremden aufmerksam geworden. So lange sie da draußen hielten, lauschte er auch ihrem Gespräche, und erst, als sie ihren Weg fortgesetzt, nahm er sein Buch wieder auf. Aber er schien keine rechte Lust zum Lesen zu haben, denn er legte das Buch nach einiger Zeit wieder hin, ging eine Weile mit auf den Rücken gelegten Händen und gesenktem Haupte in seiner Laube auf und ab, seufzte ein paar Mal recht tief auf und schritt dann langsam zu seiner Wohnung und in das Zimmer seiner Frau, die, mit einer Arbeit beschäftigt, am Fenster saß.

Sein Blick suchte Elisen, aber sie war nicht im Zimmer, und erst nach einer Weile kam sie durch die kleine Gartenpforte, die hinaus in den Wald führte, herein und zu der Mutter, wo sie Hut und Buch ablegte und sich still an das dort stehende Instrument setzen wollte.

„Du warst im Walde, Lieschen?“ fragte der Vater.

„Ja, Papa.“

„Und bist dort Fremden begegnet?“

Das junge Mädchen sah rasch und erstaunt zu ihm auf, erröthete auch leicht, sagte dann aber lächelnd:

„Woher weißt Du das schon, Papa?“

„Und hast Du nicht den nämlichen Spaziergang hier im Garten?“ fuhr der Vater fort, ohne ihre Frage zu beantworten; „ich habe Dich schon so oft gebeten, nicht dort hinaus zu gehen, wenigstens nicht an Sonntagen, wo das müssige Volk aus der Ansiedelung nur immer in der Nachbarschaft umherschwärmt!"

Die Mutter hatte bei Beginn des Gespräches ihre Arbeit in den Schooß sinken lassen, und ihre Miene verfinsterte sich mehr und mehr. Jetzt aber nahm sie für die Tochter die Antwort auf und sagte:

„Und willst Du sie nicht lieber ganz in ein Kloster sperren? Das wäre doch jedenfalls das Einfachste, damit sie wenigstens gar kein Mensch mehr zu sehen bekäme — nicht einmal einer der am Sonntag herumlaufenden Bauern."

„Aber, Bertha!" sagte Herr Meier, erstaunt zu seiner Frau aufsehend.

„Ach was," erwiederte diese, „was zu arg ist, ist zu arg! Das Mädel ist jetzt zwanzig Jahr alt geworden und wird versteckt gehalten, als ob wir uns schämen müßten, das junge Blut der Welt zu zeigen."

„Aber, Bertha, Du weißt doch...." sagte der Mann vorwurfsvoll.

„Ach, ich weiß Alles!" erwiederte die Frau; „aber man kann eine Sache auch übertreiben, und ich bin nicht im Stande, das noch länger so ruhig mit anzusehen. Hier in diesem abgelegenen Winkel

der Welt hast Du doch wahrhaftig nicht zu...."
Sie unterbrach sich rasch und nahm ärgerlich ihre Arbeit wieder auf, die sie jedoch unschlüssig in der Hand behielt, während Elise freundlich sagte:

„Laß sein, Mütterchen; wenn dem Vater damit ein Gefallen geschieht, kann ich ja auch den kleinen Spaziergang recht gut entbehren. Er hat Recht, es ist hier im Garten wirklich eben so hübsch wie da draußen, und ich kann mir hier die nämliche Bewegung machen."

„Ach, das verstehst Du nicht!" fuhr die einmal gereizte Frau fort; „ich hab's jetzt auch selber satt. Sieben Jahre sitzen wir nun hier, wie die Gefangenen zwischen Büsche und Bäume eingeklemmt, während die Ansiedler da unten sich ihres Lebens freuen und nur ihr fröhlicher Lärm manchmal zu uns herübertönt; sieben Jahre lang haben wir ein Leben geführt, daß es einen Stein erbarmen möchte, und ich sehe keinen Grund, weshalb wir uns jetzt noch länger wie Einsiedler in unsere Klause vergraben sollen. Ich weiß Alles, was Du mir dagegen einwenden könntest, Franz," sagte sie, einem Blicke ihres Mannes begegnend, „ich habe mir Alles zehnmal, hundertmal überlegt, aber ich selber halte es nicht länger aus. Ich *will* frei sein oder ich lasse mich lieber gleich ordentlich begraben und einen Stein mit Namen und Jahreszahl oben darauf setzen. Nachher weiß ich es einmal nicht anders und brauche doch hier wenigstens nicht eine Ewigkeit allein zu sitzen und meinen eigenen Gedanken nachzuhängen, über die man am Ende gar noch wahnsinnig werden könnte."

Ihr Gatte antwortete nicht. Er hatte sich gegen den Tisch gewandt, dort den Kopf auf den Arm gestützt und barg das Gesicht in der linken Hand. Endlich hob ein schwerer Seufzer seine Brust, und Elise, zu dem Vater tretend, schlang ihren Arm um seine Schulter, lehnte ihre Stirn auf sein Haupt und sagte freundlich:

„Sei nicht traurig, Papa — Mutter meint es ja nicht so böse. Dir ist nun einmal Deine Einsamkeit so lieb geworden, daß Du jede Störung darin fürchtest und Dich immer mehr in Dich selber zurückziehst. Versuch' es einmal draußen unter den Menschen, vielleicht gefällt Dir's selber bei ihnen, denn glücklich fühlst Du Dich ja hier in Deiner Ensamkeit auch nicht immer, in der ich Dich oft schon in recht trauriger und niedergeschlagener Stimmung überrascht habe. — Geh' wieder zwischen die Leute — verkehre mit ihnen und lasse sie mit Dir verkehren, und wenn weiter Nichts, bekommst Du doch dadurch Zer=

streuung, und hast für stille Stunden, in denen Du das Bedürfniß fühlst allein zu sein, ja immer Dein trauliches Plätzchen hier oben."

„Laß ihn gehen," sagte die Frau unmuthig; „was liegt ihm an uns — an Dir oder an mir, wenn er sich selber nur eine Grille in den Kopf gesetzt hat, der er nachhängt, seines eigenen Vergnügens halber."

„Und das sagst Du mir, Bertha?" fragte der Mann, erstaunt zu ihr aufsehend; „dessen klagst Du mich an?"

„Nur eine Grille ist's, weiter Nichts," erwiederte die Frau, ohne die Frage direct zu beantworten," eine fixe Idee, die Du Dir in den Kopf gesetzt hast, und womit Du Dich und uns elend machst. So viel Verstand habe ich aber auch, daß ich einsehe, wie Du uns Alle ganz vergebens quälst, und kurz und gut, ein Leben wie das hier halte ich nicht länger aus, mag nun auch daraus werden was da will."

„Was da will," wiederholte leise und mit einem Seufzer der Mann, stand dann auf und verließ langsam das Zimmer.

„Zanke nicht mit dem Vater, liebe Mutter," bat Elise, als er die Thür hinter sich in's Schloß gedrückt hatte, „er ist so schon traurig genug, und das drückt ihn nachher nur noch immer mehr nieder."

„Ach was," erwiederte mürrisch die Frau, „ich habe das langweilige Leben endlich satt, und mehr noch Deinet- als meinetwegen!"

„Aber ich sehne mich ja gar nicht hinaus, Mütterchen, ich verlange es ja gar nicht besser, als ich es bei Euch habe."

„Weil Du es eben nicht besser kennst und nach und nach hier eintrocknen wirst wie eine Blume zwischen Löschpapier," lautete die Antwort. „Du bist ein junges Mädel und mußt hinaus in die Welt, das ist Dir Dein Vater, das bin ich Dir schuldig, und wenn Du Nichts von der Welt verstehst, so bin ich dafür da, daß ich Deine Ansprüche vertreten muß, oder Du hättest ein Recht, mir später einmal die bittersten Vorwürfe darüber zu machen."

„Aber der Vater...."

„Ist ein Träumer, der überall Gespenster sieht, weiter Nichts, und der sich jetzt die Fenster verhängt und immer nur Nacht um sich haben will. Kommt erst einmal der wirkliche Sonnenschein zu ihm herein, so wird er auch einsehen daß er nur geträumt hat. Daß Du ihm dabei noch das Wort redest, ist das Albernste was Du thun kannst, und ich hätte von Dir gerade das Gegentheil erwartet. — Du bist alt genug, Elise, daß Du auch an eine Heirath denken kannst, und wen sollst Du denn hier in unserm Garten kennen lernen, wer kann Dich hier finden, wo Dich Dein Vater sogar vor ein paar müssigen Spaziergängern verstecken will?"

„Aber, liebe Mutter," sagte Elise mit tiefem Erröthen, denn sie mußte sonderbarer Weise gerade in diesem Augenblicke an den jungen Fremden im Walde und an seinen Blumendiebstahl denken, „das hat denn doch wohl noch lange, lange Zeit, und wenn der Vater —"

„Ach was," unterbrach sie die Mutter, „Du redest wie der Blinde von den Farben — Du bist zwanzig Jahr alt, Liese, und wenn wir die nächsten sieben Jahre noch so fortleben, wie die letzten, so bist Du siebenundzwanzig und kannst dann auch siebenunddreißig und siebenundvierzig werden, ohne daß sich Jemand weiter um Dich bekümmert. Nein, dafür muß ich, Deine Mutter, sorgen, und — überlaß du mir das nur; ich werde schon mit Deinem Vater fertig."

Damit war das Gespräch für jetzt abgebrochen. Die Mutter begann wieder an ihrer indessen vernachlässigten Arbeit, und Elise ging in ihr Stübchen hinauf, um über eine ganze Menge der verschiedensten Dinge nachzudenken, die ihr heute durch den Sinn gingen und den Kopf fast wirr machten. Sonderbar, daß ihre Gedanken dabei immer wieder zu dem jungen Fremden zurückflogen, den sie doch nur den kurzen Augenblick gesehen. Weshalb mußte die Mutter auch gerade heute von ihrer Heirath sprechen und dabei sagen, daß es die höchste Zeit sei, an etwas Derartiges zu denken? — —

Es war Abend und Nacht geworden, als die Sonne kaum hinter den hellblauen Gebirgsrücken im Westen untergegangen war und vorher noch die leichten darüber lagernden Wolkenzüge mit ihrem schönsten und rosigsten Licht übergossen hatte. Rasch erbleichten aber die nur zu momentanem Leben angehauchten Nebelbilder, und wie sie kaum erst in ein prachtvolles Silbergrau übergingen, nahm dieses schon jene todte bleigraue Färbung an, dem die Dunkelheit in den Tropen fast unmittelbar folgt.

Die Comtesse Baulen hatte ihr Zimmer noch nicht wieder verlassen und ging, die Arme auf der Brust gekreuzt, das Kinn auf die zarte Korallenschnur gesenkt, die ihren Hals schmückte, mit raschen, unruhigen Schritten in dem kleinen Gemache auf und ab. Sie sah dabei nicht einmal, daß es dunkelte und nach und nach völlig Nacht geworden war; sie hörte nicht, daß ihre Mutter draußen schon zweimal angeklopft und ihren Namen gerufen hatte. Nur die eigenen unruhigen Gedanken beschäftigten ihren Geist, nur das eigene, unruhig pochende Herz hielt sie oft krampfhaft mit beiden Händen fest, bis sie sich endlich, körperlich ermattet, in einen Stuhl warf und dort wohl wieder eine volle Stunde lang in dumpfem Brüten saß.

Aber die Dunkelheit wurde ihr zuletzt unerträglich. Sie stand auf, zündete Licht an und griff dann das erste beste Buch auf, und um sich zu zerstreuen und ihre Gedanken in eine andere Bahn zu lenken. Da plötzlich horchte sie auf, denn aus dem Garten, oder wenigstens aus den Büschen, die ihn dicht umschlossen, trafen die melodischen Töne einer Violine ihr Ohr.

Es war die leise und klagend zum Herzen sprechende Melodie des Thüringer Volksliedes: „Ach, wie ist's möglich, daß ich Dich lassen kann", und wie mit einem scharfen Weh durchzuckte sie das einfache rührende Lied. Aber wer spielte da? Zuerst glaubte sie, daß es Jemand aus der Ansiedelung sei, der da zufällig vorübergehe — aber der Spieler blieb auf derselben Stelle, und durch das offene Fenster klangen die Töne, so leise er auch spielte, voll und klar herein. —

Jetzt war Alles ruhig — nur die Grillen zirpten, und aus dem Walde heraus tönte das Gequak der Frösche.

Helene athmete ordentlich tief auf, als die schwermüthige Melodie geendet hatte; es war, als ob eine Last von ihrer Seele genommen wäre, und sie trat an das Fenster, um in die wundervolle, sternenhelle Nacht hinaus zu schauen. Da quollen auf's Neue die Töne von derselben Stelle herauf, aber dieses Mal in einem wilden Capriccio, von einer Meisterhand gespielt, das in die tollsten Variationen überging und sich doch immer wieder zuletzt in das einfache, zuerst angeschlagene Thema des Volksliedes auflöste.

Helene trat scheu und erschreckt vom Fenster zurück. Galt das ihr? Und wer war es denn, der ihr hier auf solche Weise seine Huldigung brachte? Vollrath vielleicht, aber sie wußte genau, daß er gar nicht Violine spielte — und wer dann? Der junge Schulmeister im Orte, der sie oft mit seiner Aufmerksamkeit geärgert hatte, war ein Violinspieler, aber ein Stümper, und d i e s e Saiten belebte eine Meisterhand.

Ohne recht zu wissen was sie that, löschte sie das Licht aus, um dadurch die Aufmerksamkeit des Unbekannten wieder von ihrem Fenster abzulenken — aber das gelang ihr nicht. Der räthselhafte Spieler ließ sich dadurch nicht stören; nur das Capriccio zerschmolz nach und nach in immer weichere Melodien, bis die Töne zuletzt mehr und mehr verhallten und wieder, wie vorher, das Schweigen der Nacht auf dem Walde lag.

Helene wußte selber nicht wie ihr geschah. Daß jenes Ständchen ihr galt, konnte sie sich nicht verhehlen, und in dem melodischen Spiele, in den vaterländischen Weisen schmolz der starre Trotz des schönen Mädchens. Als die Melodie da draußen schon lange verklungen war, saß sie noch immer, von der Gardine gedeckt, am offenen Fenster, und fühlte nicht einmal, wie ihr die Thränen zwischen den zarten Fingern durch voll und schwer in den Schooß tropften.

Unten im Hause war der geheimnißvolle Musiker indessen auch nicht unbeachtet geblieben. Oskar, der noch bis Dunkelwerden seinen neuen „Sclaven" — wie er Jeremias nannte — angelernt hatte sein Pferd zu behandeln, lag unten in der Stube auf dem Sopha lang ausgestreckt, und pfiff, zum Aerger seiner Mutter, ohne sich dadurch aber im Geringsten stören zu lassen, einen Walzer, als jenes eigenthümliche Ständchen begann.

Im Anfange hatte er ebenfalls geglaubt, daß es irgend Jemand aus der Ansiedelung sei, der mit seiner Violine da vorüber ginge. Als die Musik aber immer auf derselben Stelle blieb, erst eine Weile schwieg und dann wieder begann, schöpfte er Verdacht, daß das am Ende gar ein Ständchen sein könne, was seiner Schwester gebracht würde, und sein Muthwille ließ ihm natürlich keine Ruhe, dem auf die Spur zu kommen.

Als er zuerst aus dem Fenster horchte, täuschte ihn der laute Ton gerade so wie Helenen, und er vermuthete den Spieler im Garten selber. Er schlich sich also erst aus dem Hause hinaus hinter die nächsten Büsche, und hinter diesen, von seiner dunklen Kleidung begünstigt, immer weiter vor. Zuletzt aber kam er an die Hecke und fand jetzt, daß sich der Virtuose allerdings außer seiner Gerichtsbarkeit, aber doch nicht außer seinem Bereiche befand, denn er erkannte durch die Hecke durch beim Sternenlichte eine ebenfalls dunkel gekleidete Gestalt, die dort an einer jungen Palme lehnte.

Das Gesicht selber konnte er freilich nicht erkennen, denn einestheils beschattete es der Hut, und dann auch der Wipfel der niedern Palme selber; aber das blieb sich auch gleich, und um einen muth=

willigen Streich auszuüben, dazu war ihm Freund und Feind gleich gut genug.

Im Zimmer seiner Schwester hatte außerdem noch kurz vorher Licht gebrannt und das Fenster war offen, ein Beweis, daß sie den Ständchenbringer begünstigte, und deshalb Grund genug für ihn, ihm jeden Schabernak zu spielen, der nur in seinen Kräften stand. Vorsichtig und rasch schlich er zum Hause zurück und traf hier eben noch Jeremias, der seine Arbeit beendet hatte, und gerade seine eigene Heimath — eine Dachkammer bei einem der Ansiedler — aufsuchen wollte.

„He, Jeremias, Du mußt mir noch einen Eimer Wasser holen," redete er diesen rasch und heimlich an.

„Die Pferde haben gesoffen," sagte Jeremias, „zu viel schadet Vieh und Menschenkind."

„Ich will's nicht für die Pferde; dort steht der Eimer, aber ein Bißchen rasch."

„Befindet sich allerdings nicht in unserm Contracte," meinte Jeremias, „aber was thut der Mensch nicht aus Gefälligkeit, junger Herr? Sollen Ihren Eimer Wasser haben," und seine Aermel vorn aufkrämpend, ergriff er den Eimer und ging zu dem Brunnen vor dem Hause, von dem er ihn bald gefüllt zurückbrachte.

„So," sagte Oskar, indem er einen Theil des Wassers wieder abschweppte, „das ist ein Bißchen zu viel und wirft sich schlecht. Jetzt nimm einmal den Eimer, Jeremias, und komm mit mir an die Hecke da drüben, wo der verrückte Kerl die Violine quält — hörst Du den Musikanten da drüben?"

„Ja," sagte Jeremias, und sah den jungen Grafen erwartungsvoll an.

„Schön," lachte der junge Bursche, „dem wollen wir einmal den Eimer über den Hals gießen, um den holden Schwärmer etwas abzukühlen."

„So?" sagte Jeremias, ohne sich von der Stelle zu rühren.

„Na, vorwärts!" rief Oskar, auf den Eimer zeigend; „mach' schnell, ich zeig' Dir den Platz wo er steckt, meine alte Jeremiade!"

„Wissen Sie," sagte Jeremias, ohne nur eine Hand zu regen oder eine Miene zu machen, als ob er dem Befehle Folge leisten wolle, „davon steht auch Nichts in unserem Contracte."

„Contract? Esel," brummte Oskar, „wenn

ich Dir sage, das thust Du, so thust Du es, das ist unser Contract, weiter Nichts."

„So?" meinte Jeremias, der den „Esel" als selbstverständlich hinnahm — „anderen Leuten Wasser in die Violine zu gießen, widerstreitet aber meinen Grundsätzen, und wenn sich der Herr Graf eine Tracht Schläge für unbefugtes Löschen, wo's gar nicht brennt, holen wollen — mit dem größten Vergnügen — da steht der Eimer, Jeremias hat aber heute seinen Sonntagsrock an und ist diesen Morgen in der Kirche gewesen — was andere Leute vielleicht nicht von sich sagen können. Wünsche allerseits einen guten Abend" — und die Hände wieder in die Taschen schiebend, ging er um den Eimer herum und zur Thür hinaus, ohne sich um den Grafen weiter zu bekümmern.

Oskar sandte ihm einen herzhaften Fluch hinterher, sah aber auch ein, daß er mit dem dickköpfigen Burschen Nichts ausrichten könne. Nicht gesonnen jedoch, den einmal gefaßten Plan so rasch aufzugeben, nahm er jetzt selber den Eimer und schlich damit in den Garten. Ehe er übrigens die Stelle erreichte, wo der nächtliche Musiker gestanden, verstummte die Violine. Die letzten Töne waren verklungen und der Platz leer. Oskar horchte noch eine Weile in die stille Nacht hinaus, aber das Concert war jedenfalls vorbei, das Zimmer seiner Schwester blieb dunkel, und mit einem Fluche das Wasser über die nächsten Beete gießend, nahm er den leeren Eimer zum Hause zurück.

5.

Elise.

Am nächsten (Montag) Morgen standen schon um sieben Uhr früh drei gesattelte Pferde vor dem Hause des Directors angebunden, denn dieser hatte versprochen, Günther zu dem Beginne seiner Arbeiten zu begleiten, und Könnern in dem Interesse, das er an der gestrigen Erscheinung nahm, ebenfalls den Wunsch ausgesprochen, sich dem kleinen Zuge, wenigstens bis in den Wald hinein, anzuschließen.

Allerdings wünschte der Director, daß er, wenn er jagen wolle, sich einen Führer mitnehmen möge, da er sich sonst leicht in den wilden und schwerdurchdringlichen Wäldern verirren könne. Dies wies Könnern jedoch lächelnd zurück und erklärte, daß er zu lange in den amerikanischen, auch ziemlich dichten Wäldern gejagt habe, um etwas Derartiges zu befürchten. Ein Führer störte ihn dabei nur auf einem wirklichen Pirschgange, und er konnte sich im Walde wohl vergehen, daß er genöthigt war einen Umweg zu machen, aber nie verirren, denn er hatte sich dafür zu genau den Cours gemerkt, den der etwa zweihundert Schritte unter Santa Clara vorbeiströmende Fluß nahm, und den mußte er immer wieder treffen, sobald er mit Hülfe seines Compasses die Richtung darauf zu nahm.

So früh kamen sie aber an diesem Morgen doch nicht fort, denn erstens nahm ihnen das Frühstück noch etwa eine halbe Stunde weg, und dann kamen noch eine Menge Leute, die den Director in irgend einer wichtigen oder unwichtigen Angelegenheit zu sprechen hatten, und er mußte wenigstens anhören, was sie von ihm wollten.

Es war halb neun Uhr geworden, als die drei Männer endlich mit den nöthigen Begleitern aufbrachen, die dabei alle Instrumente des Vermessers, wie auch einige Provisionen zu tragen hatten. Könnern ließ übrigens seine Mappe heute noch zu Hause, und nahm nur seine Büchsflinte mit, wenn er sich auch eben keine große Jagd versprach. Der Wald ist dort zu dicht, um nahe den Ansiedelungen, wo die Bauern überdies Sonntags noch mit ihren Flinten herumknallen, irgend einen bedeutenden Erfolg zu versprechen.

Sie ritten heute gerade durch das kleine Städtchen durch, und den beiden Fremden konnte es nicht entgehen, wie sich ihre Landsleute, selbst in dem fremden tropischen Lande, so ganz heimisch angesiedelt hatten, als ob sie noch daheim im alten Vaterlande lebten.

Die Schilder an den verschiedenen Häusern trugen überall deutsche Namen in deutscher Schrift, deutsche Kinder mit ihren Flachsköpfen und dicken, gesunden, schmutzigen Gesichtern spielten vor den Thüren. Bauerfrauen in ihren wollenen rothen Unterröcken wuschen ihr Geschirr hier unter den Palmen, wie sie es daheim unter der alten Linde gethan hatten, und deutsche Handwerker, in Schurzfell und Pantoffeln, waren eifrig dabei, ihren verschiedenen Geschäften obzuliegen.

Nur ein einziges Haus passirten sie, das fremdartig aussah. Es war ein kleines niederes Gebäude, von Stein aufgeführt, mit offenen Thüren und Fenstern, durch die man in ein paar anscheinend leere Räume hineinsah — es hingen wenigstens keine Gardinen vor den Fenstern, wie sie die ärmlichste deutsche Wohnung zeigte, und die Wände sahen leer und kahl aus. Einzelne Möbel verriethen aber doch, daß dieses Haus nicht verlassen sei, und auf der einen Commode sah Könnern auch im Vorbeireiten ein Paar vergoldete Porzellan-Vasen und einige andere derartige Spielereien stehen.

Dort wohnte der portugiesische Delegado*), und ein paar Negerjungen kauerten vor der Thür in der Sonne und ließen sich von einem grauen, vollkommen haarlosen und nackten Hunde die Gesichter ablecken.

Am Ende der Straße war die Schule; anstatt aber, daß die Kinder jetzt eifrig darin mit Lernen beschäftigt sein sollten, lärmten sie in wildem, wüstem Geschrei vor der Thür umher, prügelten sich, haschten sich und trieben allerlei tolle Spiele. Der Director hielt mitten unten ihnen sein Pferd an.

„Hallo, Ihr kleine Bande," rief er aus, „was ist das? Weshalb steckt Ihr nicht da drinnen, wohin Ihr gehört, und stellt hier auf der Straße die Stadt auf den Kopf?"

„Ja, Herr Director," sagte einer der älteren

*) Eine Magistratsperson, die Polizeigewalt in den Colonien hat.

Jungen, der ihn kannte, indem er die Mütze von dem struppigen Haare herunterzog, „der Schulmeister ist nicht da und die Thür ist zu.“

„Der Schulmeister ist nicht da?“ fragte der Director erstaunt; „und weshalb habt ihr ihn noch nicht geholt?“

„Ja, er ist auch nicht zu Hause und die ganze Nacht nicht heimgekommen,“ lautete die Antwort.

Ein sehr elegant gekleideter Herr mit weißer Wäsche, goldener Uhrkette, einigen Ringen an den Fingern und einem Panamahute auf, der aber sonderbarer Weise statt der Stiefel ein Paar sehr bunt gestickte Pantoffeln und einen Zahnstocher hinter dem rechten Ohre hatte, kam um die nächste Ecke und grüßte den Director und seine Begleiter freundlich. Es war der Delegado.

„Ah, mein lieber Director,“ redete dieser Sarno in portugiesischer Sprache an, „das wird immer ärger mit unserem Schullehrer. Wie ich eben höre, haben ihn einige Nachbarn gestern Abend spät oben am Flusse und etwa eine Legoa von hier entfernt, schwer angetrunken verlassen, und dort wird er auch wohl jetzt noch liegen, um seinen Rausch auszuschlafen. Meines Nachbars Kinder kamen heute Morgen wieder zurück, weil sie nicht in die Schulstube konnten.“

„Wer ist denn das, der da die Straße herunter taumelt," sagte Könnern, nach jener Richtung zeigend.

„Hehe, der Schulmeister, der Schulmeister!" jubelten ihm da auch schon eine Anzahl Jungen, die ihn erkannt hatten, in dem seligen Gefühle entgegen, heute wieder keinesfalls Schule zu haben, „wie er schräg geht — und jetzt stolpert er! Hoh, hoh, hoh, der Schulmeister!"

Es war allerdings jenes unglückliche Individuum, das sich in solchem Zustande zu keinem ungünstigeren Momente hätte zeigen können. Der Director gab seinem Pferde die Sporen und sprengte ihm entgegen, und während der zeitweilige Schulmonarch die gläsernen Augen zu Sarno aufschlug, rief dieser ihn mit vor innerer Heftigkeit fast erstickter Stimme an:

„Herr, schämen Sie sich nicht, hier am hellen Tage wie eine Sau umher zu gehen, und wären Sie nicht werth, daß ich —" er schwieg, und die Hand, in der er die Reitpeitsche hielt, schloß sich ordentlich krampfhaft um den Griff derselben.

„Pfehle mich Ihnen, Herr Director," stammelte der Unglückliche mit schwerer Zunge, vergebens dabei bemüht sich gerade zu halten, „sehr angenehm so am frühen Morgen — sehr schöner

Morgen heute, Herr Director — sehr schöner Morgen."

Der Director wandte sein Pferd in Ekel von dem Trunkenen und ritt langsam zu dem Portugiesen zurück. Die Schuljugend indessen wartete nur den Moment ab, wo sie der Gegenwart dieser Beiden enthoben wäre, um mit einem wahren Jubel über ihren entwürdigten Lehrer herzufallen.

„Jetzt haben wir wieder keinen Schullehrer," stöhnte der Director, bei dem Delegado angelangt.

„Der Herr scheint heute Morgen etwas aufgeregt," sagte der Portugiese mit einem spöttischen Lächeln. „Wollen wir ihn aber nicht lieber in Sicherheit bringen. Sobald wir den Rücken wenden, fällt das junge Deutschland jedenfalls über ihn her."

„Ich habe Nichts dagegen," rief der Director, „und wenn sie ihm die Kleider in Fetzen vom Leibe reißen! Kommen Sie, Schwartzau, kommen Sie — o, ich vergaß, die Herren vorzustellen: Dom Franklin Brasileiro Lima — zwei Freunde von mir, Landsleute, Dom Könnern und Dom Schwartzau, der letztere unser durch die Regierung hergesandter Landvermesser."

Der Portugiese machte eine stumme und etwas steife Verbeugung, nahm dann den Zahnstocher hinter dem Ohre vor und sammelte die Ueberreste seines Frühstücks.

Sie standen gerade vor einem der kleinen Häuser, über dem ein hellgelbes Schild mit rothen Buchstaben den Namen Pilger — Schuhmacher trug, und Könnern hatte schon, weniger bei dem Schulmeister interessirt, ein paar Mal eine allerliebste junge Frau am Fenster gesehen, die einen Blick nach ihrer Gruppe herüber warf und dann wieder in dem Dunkel der innern Stube verschwand. Der Portugiese stand mit dem Rücken nach der Thür zu, als der Schuhmacher, ein großer, breitschultriger Mann in seinen besten Jahren, das Schurzfell vor, ein kleines Käppchen auf und die Hemdärmel in die Höhe gestreift, hinter ihn auf den Schwellenstein trat und, seine breite Hand auf des Portugiesen Schulter legend, mit ruhiger Stimme, aber sehr schlechtem Portugiesisch sagte:

„Wenn ich Euch noch einmal in meinem Hause treffe, Delegado, so schlage ich Euch jeden Knochen in Eurem erbärmlichen Leibe zusammen. Habt Ihr mich verstanden? Guten Morgen, meine Herren,“ wandte er sich dann, als ob nicht das geringste Außergewöhnliche vorgefallen wäre, an den Director und seine Begleiter; „entschuldigen

Sie, daß ich mich mit dem Lump in Ihrer Gegenwart unterhalten habe.“

Der Portugiese war vor Zorn hochroth geworden, und seine kleinen, schwarzen Augen schienen Feuer zu sprühen. Endlich hatte er sich so weit wenigstens gesammelt, um zu erwiedern, und er sagte, ohne den Handwerker jedoch eines Blickes zu würdigen:

„Wenn Ihr Eure Frau mißhandelt, und nicht wißt was Ihr einer Frau an Achtung schuldig seid, so ist es Sache der Obrigkeit dazwischen zu treten.“

„Und weshalb hab' ich meine Frau mißhandelt, Du Lump, Du?“ rief der Schuhmacher, bei dem der Zorn die Oberhand gewann.

„Pilger, bedenkt was Ihr sagt!“ unterbrach ihn der Director rasch.

„Ach was, Herr Director — Nichts für ungut,“ zürnte der Mann; „ich weiß recht gut was ich rede. Wenn der da auch zehnmal der Delegado ist, oder wie das Ding heißt, so sollte er sich nur um so mehr schämen, Unfrieden und Unglück in die Häuser zu tragen. Aber, Gott verdamm' mich! finde ich ihn noch einmal auf der andern Seite von der Schwelle da, so geschieht ein Unglück. Das will ich ihm vorausgesagt haben.“

Der Portugiese verstand nicht die letzten heftigen, in Deutsch gesprochenen Worte, aber er mochte recht gut den Sinn ahnen, denn die Gesticulation des Meisters dabei war gar nicht falsch zu verstehen. Er drehte jedoch nur, mit dem Ausdrucke der höchsten Verachtung in den Zügen, den Kopf halb nach ihm herum, ohne ihn selber anzusehen, sagte: „Wir sprechen uns noch!“ und ging dann in seinen gestickten Pantoffeln, mit einer leichten Verbeugung gegen den Director und seine Begleiter, die Straße wieder hinauf.

Könnern's Blick beobachtete indessen das Fenster, hinter dem er die junge Frau gesehen, und er bemerkte, wie sie noch ein paar Mal scheu vortrat, um, ohne selber gesehen zu werden, zu erfahren was da draußen vorging. Sobald sie aber des Fremden Blick auf sich haften fand, verschwand sie rasch und kam nicht wieder zum Vorscheine.

„Haltet mir Frieden, Pilger, das thut's nicht,“ sagte der Director warnend.

„Eben deshalb weil ich Frieden haben will,“ meinte der Schuhmacher, „halte ich mir den verdammten Bleifuß aus dem Hause, und gnade ihm Gott, wenn ich ihn da wieder einmal treffe, wo er nicht hingehört — guten Morgen meine

Herren," und damit drehte er sich ruhig um und trat in sein Haus zurück.

Die Schuljugend war indessen ein sehr interessirter Zuschauer bei den Bewegungen ihres sonst so gefürchteten Meisters gewesen, denn der junge Schulmonarch führte seinen Stock gewöhnlich mit unerbittlicher Gewalt. Einer der Nachbarn aber, den der arme Teufel in diesem Zustande dauerte, trat vor seine Thür, nahm ihn ohne Weiteres unter den Arm und führte ihn in sein Haus hinein, damit er dort seinen Rausch ausschlafen könne. Der Director schickte dann die Jungen nach Hause, die sich in wildem Jubel durch die verschiedenen Straßen vertheilten.

„Das ist ja ein recht hübsches Exemplar von einem Schulmeister," lachte Günther, als sie ihren Weg wieder aufgenommen hatten.

„Das sei Gott geklagt!" seufzte der Director; „jetzt sitzen wir wieder in der Ansiedelung auf dem Trockenen und die ganze Kinderwelt hat Ferien, bis sich ein neues, eben so unbekanntes, vielleicht eben so untaugliches Individuum dazu hergiebt, das Amt des Schullehrers zu übernehmen."

„Und Ihr Delegado?" fragte Könnern; „die Sache scheint nicht ganz richtig zu sein."

„Ist auch so ein Lump, den wir der Güte der Frau Präsidentin verdanken. Der Teufel mag da Director sein, wenn man es mit solchem Gesindel zu thun hat, und ihnen doch nicht, in dem engen Kreislauf unseres hiesigen Lebens, ausweichen kann. Uebrigens ist das auch derselbe Herr, der da drüben die Brücke gebaut hat, welche ihm von der Regierung — nachdem sie kaum beendet und schon wieder eingestürzt war — mit achtzehn Contos de Reis bezahlt wurde. Es geht doch Nichts über Protection! Und wenn ich ein oder zwei Contos verlange, nur um die nöthigsten Bauten hier, ein neues Auswanderungs-Haus oder dergleichen, zu bauen, bekomme ich Vorwürfe von Oben, daß ich zu viel Geld gebrauche. Aber zum Henker damit! Wir wollen uns den schönen Morgen nicht durch derartige Dinge verbittern, und der Lump verdient gar nicht, daß ich mich über ihn ärgere. Kommen Sie, lassen Sie die Pferde ein Wenig schärfer austraben, denn wir haben eine Menge werthvolle Zeit versäumt und unsere Träger und Arbeiter sind uns schon, wer weiß wie weit, voraus."

Eben hatten sie die letzten Häuser hinter sich, als ihnen wieder der Baron begegnete, und wie er den Director erkannte, diesem ein Zeichen machte, daß er ihn zu sprechen wünsche. Der Director hielt an, während Könnern und Schwartzau vorausritten.

„Ach, Herr Director, nur auf ein Wort," sagte der etwas umständliche Baron mit einer achtungsvollen Verbeugung; „dürfte ich Sie bitten, mir aufrichtig eine einzige Frage zu beantworten?"

„Warum nicht — aber ich bin heute Morgen etwas in Eile."

„Ich will Ihre werthvolle Zeit nur für Secunden in Anspruch nehmen. Hat sich die Frau Gräfin in einer Geldangelegenheit an Sie gewandt?"

Der Director lächelte.

„Ich weiß nicht," sagte er, „ob die Frage gerade discret ist."

„Geschäftssache," vertheidigte sich der Baron vor diesem furchtbaren Verdachte; „Sie werden doch nicht glauben, daß ich —"

„Nun, mir ist keinesfalls anbefohlen, ein Geheimniß daraus zu machen. Ja — zu irgend einer ihrer zahlreichen Unternehmungen."

„Cigarren?"

„Ich glaube, es betraf diesmal den Tabakshandel."

„Ich danke Ihnen,“ sagte der Baron, von dem Pferde zurücktretend.

„Ich hoffe doch nicht, daß Sie sich damit einlassen werden?“ fragte der Director jetzt seinerseits.

„Ich bedaure unendlich nicht die Mittel zu haben, ein so gemeinnütziges Unternehmen zu unterstützen,“ erwiederte der Baron, gerade etwa mit derselben Betonung und in derselben Stellung, als ob er der Frau Gräfin selber gegenüber stände.

Der Director lachte, grüßte den Baron flüchtig und sprengte dann den Weg hinauf, die beiden vorangerittenen Freunde einzuholen.

Zwischen den Männern wurde weiter kein Wort gewechselt, bis sie den eigentlichen Platz erreicht hatten, auf dem Schwartzau seine Vermessung beginnen sollte, und da dies das Terrain war, welches dem Colonisten Meier gehörte, so war es nöthig, daß er dazu gerufen wurde.

Während Günther seine Bussole auspackte und aufstellte, die nöthigen Vorbereitungen zum Beginne traf und seine Leute instruirte, was sie zu thun hätten — denn bei einer solchen Arbeit ist es besonders nothwendig, daß sich der Vermesser und seine Kettenträger vollkommen gut verstehen —

ritt der Director nach dem Hause hinüber, um den Menschenfeind in Kenntniß zu setzen und abzuholen, und Könnern bot sich ihm natürlich zum Begleiter an.

Die Gartenthür war verschlossen; zufällig kam aber gerade ein kürzlich angenommener Arbeiter heraus, und da er den Director kannte, machte er nicht die geringste Schwierigkeit, ihn hinein zu lassen.

„Gehen Sie nur da gerade aus, Herr Director," sagte er, auf eine kleine Biegung des Weges zeigend, „dort gleich rechts ist eine Laube, in der finden Sie die ganze Familie beim Frühstück."

„Der wird uns ein schönes Gesicht schneiden, wenn wir ihm so plötzlich über den Hals kommen!" lachte der Director, als sie den breiten und vortrefflich gehaltenen Kiesweg verfolgten; „aber ich kann ihm nicht helfen. Es liegt auch in seinem eigenen Interesse, daß er weiß wo seine Gränzen laufen — aber da sitzt die Familie — jetzt können Sie auch Ihre Brünette wieder begrüßen."

Könnern erwiederte kein Wort; es war ihm ganz sonderbar beklommen um's Herz, und ein Gefühl beschlich ihn, als ob er sich hier in unehrlicher Weise in den Kreis einer Familie stehle, in der er jetzt fast bezweifelte, daß er gern gesehen sei. Es blieb ihm jedoch keine Zeit zu längerer Ueberlegung, denn wenige Secunden später waren sie schon von der Familie bemerkt, die überrascht emporschaute, als sie die Fremden plötzlich in dem Garten entdeckte.

Meier saß ihnen mit dem Rücken zugewandt, links von ihm seine Frau, rechts seine Tochter, und schon als er die Schritte hinter sich hörte, hatte er sich halb umgedreht und beschattete dabei die Augen mit der Hand. Dann wandte er den Kopf wieder ab, nahm eine blaue Brille aus der Rocktasche und erhob sich erst, als er diese aufgesetzt hatte, um die Fremden besser erkennen und dann begrüßen zu können.

Elise war ebenfalls tief erröthend aufgestanden, als sie auf den ersten Blick den Fremden von gestern erkannte; der Mutter entging ihre Bewegung, da sie ihrerseits auch den einen Fremden — den Director kannte sie schon von früher her — aufmerksam musterte.

„Mein lieber Herr Meier, ich muß um Entschuldigung bitten," sagte der Director, auf ihn zugehend — „aber bitte, mein liebes Fräulein, wollen Sie nicht Platz behalten —, ich will Sie auch nicht lange stören und Ihnen nur anzeigen, daß wir hier auf Ihrem Grundstücke zu vermessen anfangen, weshalb es vielleicht besser wäre, daß Sie mit hinausgingen. Sie wissen ja auch am besten, wo die alte Linie gelaufen ist, die jener Schneidergeselle neulich umgeworfen hat. Wir wollen sehen, daß wir jetzt die ganze Sache wieder in Ordnung bringen."

„Sehr angenehm, Herr Director," sagte Meier mit einer etwas ängstlichen und dadurch ungeschickten Verbeugung — „sehr angenehm in der That, und äußerst dankbar — der Herr ist wohl der Vermesser, wenn ich fragen darf?"

Könnern erröthete bis in den Nacken hinein, als er so selber gezwungen wurde zu erklären, daß er hier eigentlich gar Nichts zu suchen habe.

„Ich besonders muß sehr um Entschuldigung bitten," sagte er mit einem unwillkürlichen Seitenblick auf Elise, „daß ich mich hier eingedrängt habe. Ich bin nicht der Vermesser, der schon draußen bei seiner Arbeit ist, sondern nur ein wandernder Maler, der sich seit einigen Jahren heimathlos in der Welt herumtreibt, um Gottes schöne Erde nach allen Richtungen hin zu durchstreifen. Mit dem Herrn Director durch meinen Bruder befreundet, habe ich mich den Herren heute Morgen angeschlossen, und nur auf die allbekannte brasilianische Gastfreundschaft fußend, wagte ich es, Ihnen meine Gesellschaft für wenige Minuten aufzudringen."

„Herr Bernard Könnern," stellte ihn der Director vor.

„Sie sind uns herzlich willkommen," sagte die Frau, der die edle männliche Gestalt des jungen Mannes, wie sein bescheidenes Benehmen von vorn herein gefallen hatte — „Entschuldigungen wären ja auch gar nicht am Platze — bitte, setzen Sie sich — trinken die Herren vielleicht eine Tasse Kaffee mit uns?"

Sie winkte der Tochter, und ehe sich die Gäste entschuldigen konnten, sprang Elise — überhaupt froh, dazu Gelegenheit zu bekommen — rasch in das Haus hinein, um ein paar Tassen herauszuholen.

Meier, also gedrängt, konnte nicht anders, als die einmal geschehene Einladung unterstützen. Mit einer Handbewegung bat er seine Gäste, Platz zu nehmen, und das Gespräch zwischen ihm und dem Director wandte sich dann natürlich gleich der sie beide am Meisten interessirenden Veranlassung zu.

Elisens Mutter ließ sich indessen in ein Gespräch mit Könnern ein, von dem sie bald erfuhr, daß er Deutschland schon seit einer Reihe von Jahren verlassen und indessen Nord- und Mittelamerika durchstreift habe, theils um zu jagen, theils um Skizzen und Studien für seine Mappe zu sammeln.

Meier, obgleich in eifrigem Gespräche mit dem Director, hatte sich doch kein Wort von der anderen Unterhaltung entgehen lassen, und nickte dabei ein paar Mal halb unbewußt und zufrieden mit dem Kopfe. Er schien auch mehr und mehr aufzuthauen und die bisherige Scheu abzulegen, und als Elise die Tassen gebracht und eingeschenkt hatte, rückte er mit zum Tische und unterhielt sich selber mit dem jungen Manne.

„Ich will Ihnen Etwas sagen, Könnern,“ unterbrach der Director das Gespräch, „ich gehe jetzt mit dem Herrn Meier zu Ihrem Freunde hinaus, um die Sache erst einmal in Gang zu bringen. Das beschäftigt mich keine halbe Stunde; dann komme ich hierher zurück, hole Sie ab und begleite Sie nachher bis zu der Mündung eines gar nicht entfernten Thales, dem Sie aufwärts folgen, und nachher vielleicht doch noch Wild zum Schuß bekommen können. Hier oben auf der Hochebene glaube ich schwerlich, daß Sie irgend Etwas antreffen, das der Mühe lohnte danach zu feuern.“

„Das wäre recht schön,“ sagte Könnern wieder

mit einem unwillkürlichen Blicke nach Elisen; „wenn ich nur auch gewiß wüßte, daß ich den Damen hier indessen nicht zur Last fiele.“

„Nicht im Geringsten,“ antwortete die Mutter — „kennen Sie unser Land noch nicht und sind Sie ein Liebhaber von Pflanzen, so haben Sie indessen Gelegenheit, sich in unserm Garten umzusehen; denn mein Mann hat sich große Mühe gegeben, alle einheimischen Pflanzen und Gewächse hier zu sammeln — Elise mag Sie herumführen.“

„Ich wäre unendlich glücklich, wenn die junge Dame...“ stammelte Könnern.

„Nun, sehen Sie,“ sagte der Director, „da sind Sie ja gleich untergebracht, und werden es wohl so lange aushalten können. In einer halben Stunde sind wir jedenfalls wieder hier. Sie gehen also mit, Herr Meier?“

„Ich muß sehr um Entschuldigung bitten,“ sagte der Angeredete mit dem ihm eigenen, etwas verlegenen Lächeln — „Ich selber bin gerade beschäftigt; aber ich werde Ihnen meinen Karl mitschicken, der sich vortrefflich in alle diese Sachen zu finden weiß. Wenn Sie nur so freundlich sein wollen, ihm meine Gränzlinien zu zeigen, so wird er sie sich selber markiren und ich dann schon

Sorge tragen, daß sie später dauernd gekennzeichnet werden. Verlassen Sie sich darauf. Ich bin gerade mit einer kleinen Arbeit beschäftigt, die ich nicht gern unterbrechen möchte. Dem jungen Herrn hier mache ich indessen vielleicht mehr Freude, wenn ich ihn in meine kleine Bibliothek führe — Bücher sind seltener in Brasilien, als Blumen."

„Erst die Blumen, wenn ich bitten darf!" sagte Könnern, der sich heute merkwürdiger Weise dafür besonders interessirte, obgleich er nicht das Geringste von Botanik verstand, und da Elise sich schon erhoben hatte, stand er ebenfalls auf, um sie durch den Garten zu begleiten.

„Sie scheinen sich besonders für Blumen zu interessiren," sagte das junge Mädchen, während sie den halben Garten lang schon schweigend neben Könnern hingeschritten war, ohne daß dieser einen Punkt gefunden hätte, ein Gespräch anzuknüpfen. Bei der Frage spielte ein eigenes, schelmisches Lächeln um ihre Lippen, und ihr Blick suchte halb verstohlen die Züge ihres Begleiters, senkte sich aber blitzschnell wieder zu Boden, als sich dieser, von einem plötzlichen Verdachte erfaßt, gegen sie wandte.

„Weshalb glauben Sie das, mein Fräulein?"

„Weil Sie — die Blumen Vaters Bibliothek

vorzogen," erwiederte Elise, aber sie wagte nicht den Blick zu ihm zu erheben, denn sie fürchtete, daß sie den darin liegenden Muthwillen verrathen würde.

„Und Sie haben wirklich keinen andern Grund?" forschte Könnern weiter, denn er begann jetzt in der That mißtrauisch zu werden, ob er gestern seinen Raub so ganz unbemerkt geborgen habe.

„Und welchen andern Grund sollte ich haben?" sagte Elise, und sah ihm jetzt so voll und ehrlich in's Auge, daß er seinen Blick fast erschreckt vor den hellen Sternen zu Boden senkte.

„Zürnen Sie mir nicht der ungeschickten Frage wegen," sagte er leise; „aber ich kann Ihnen den Grund nennen, weshalb ich die Blumen in Ihrer Begleitung den staubigen Büchern — wahrscheinlich ohne dieselbe — vorgezogen habe."

„Ich wäre wirklich neugierig ihn zu hören," lächelte Elise, fühlte aber doch, daß sie, vielleicht unmerkbar, dabei erröthete.

„Er ist einfach," sagte Könnern treuherzig, „und in dem Leben eines Jägers und Herumtreibers, wie ich leider einer bin, allein begründet. Wir sehen Gottes schöne Welt in all' ihrer wundervollen Pracht, in allen Zonen, sehen sie in ihrem Reize, in ihrer furchtbaren Oede, in ihren großartigen Massen, in ihren kleinsten, lauschigsten Winkeln und Ecken, aber — wohin wir kommen, sind wir immer nur Fremde und Heimathlose. — Wie auch unser Herz daheim an dem Zauber eines stillen Familienkreises gehangen haben mag, da draußen werden wir in den allgemeinen Wirbel hinausgestoßen, und wenn sich in der friedlichen Abendstunde alle Menschen, mit denen wir in flüchtige Berührung gekommen, in das Asyl ihres eigenen Heerdes zurückziehen, wenn sie sich gewissermaßen in dem Kreise der Ihren die Belohnung holen für das, was sie den Tag über gewirkt und geschafft, dann liegen wir an einem einsamen Lagerfeuer, oder vielleicht noch schlimmer, in einem erbärmlichen, unfreundlichen Wirthshause, und dürfen nun darüber nachbrüten und grübeln, daß wir über Tag Alles zu haben meinten, was der Mensch nur wünschen kann, und daß uns doch in der That Alles fehlt, was zum eigentlichen Glück des Menschen gehört.

„Mit Einem Worte, es fehlt uns da draußen der Umgang mit sanften Frauen, das mildernde Element im Leben des Mannes, der sich seinen Weg nur das ganze Jahr durch seine rauhe und wilde Umgebung erkämpfen muß. Wo wir deshalb auch immer so ein liebes, freundliches

Frauenbild finden, da sehen wir in ihren Augen den ganzen Himmel unserer eigenen, daheim verlassenen Häuslichkeit, und wenn auch die Freude, die wir dabei empfinden, eine Art von Heimweh sein mag, so regt sich doch auch zugleich Alles wieder in unserm Herzen, was gut und edel, und die ganze Zeit vielleicht todt darin geschlummert hat. Ich weiß nicht, liebes Fräulein, ob Sie mich verstanden?"

„Ich glaube ja," flüsterte Elise, und es war ihr in dem Augenblicke fast, als ob sie selber eine lange, öde Strecke allein und freudlos durch die Welt gezogen sei, und jetzt eben aus weiter, weiter Ferne das Geläute ihrer heimischen Glocken gehört habe. Und doch durchzuckte sie dabei auch wieder ein wehes Gefühl, wenn sie sich das auch selber nicht einmal gestehen mochte — aber es war nur der flüchtige Gedanke, daß der Fremde also gestern auch die Blumen da draußen gar nicht ihretwegen an sich genommen und aufgehoben habe. Nur die Erinnerung an die Heimath — vielleicht an ein anderes liebes Wesen, das dort seiner warte, hatte ihn in dem Augenblicke erfaßt, und das tiefe Gefühl selbst, das aus seinen Worten, aus seinem ganzen Wesen sprach, galt nicht der Gegenwart, sondern war allein der

Wiederglanz eines verlorenen oder lang entbehrten Glückes daheim.

Wieder wanderten die Beiden eine ganze Zeit lang schweigend durch den Garten, Jeder mit seinen eigenen Gedanken voll beschäftigt.

„Wie das schön ist in dieser herrlichen, tropischen Welt!" brach endlich Könnern das Schweigen; „wie wohl die warme Luft dem Körper thut, und wie zierlich jene herrlichen Baumformen die schönsten, natürlichsten Gruppen bilden. Die Eingeborenen hier müssen doch eigentlich recht glückliche Menschen sein."

„Und warum nur die Eingeborenen?" fragte Elise.

„Weil sie bloß der Gegenwart zu leben brauchen," sagte Könnern; „sie haben Nichts in der Welt, das ihnen den Genuß des Augenblickes verkümmern könnte, keine Erinnerung, die sie zurückzieht, keine Sehnsucht nach irgend einem verlassenen Spielplatze der Kindheit. Fühlt sich nicht selbst der Lappländer in seiner Schneewüste, in seiner rauchigen Hütte, in Schmutz und Elend glücklich, nur weil es seine Heimath ist, wie viel mehr denn könnte es der Brasilianer in seinen Palmenwäldern und Orangenduft?"

„Und hängen Sie noch so sehr an der Heimath?“

„Du lieber Gott,“ sagte Könnern, ich habe eigentlich nicht viel dort zurückgelassen, was mich binden könnte. Meine Eltern sind beide todt, und nach so langer Abwesenheit von daheim darf ich kaum hoffen, daß, außer einem Bruder, der mir dort lebt, meine Freunde mir eben das warme Herz bewahrt haben, das ich zurückbringe. Man sagt ja sogar, daß das Heimweh nur durch eine Rückkehr in die Heimath so gründlich curirt werden könne, um nie wiederzukehren. Aber dennoch liegt ein eigener Zauber über dem Platze, auf dem einst unsere Wiege gestanden, und ich weiß nicht, ob ich mich je mit dem Gedanken befreunden könnte, selbst Brasilien zu meinem steten Aufenthalte zu wählen, ehe ich den heimischen Boden nicht wenigstens noch einmal wiedergesehen hätte. Fühlen Sie kein solches Verlangen?“

„Ich war noch ein halbes Kind als ich Deutschland verließ,“ sagte Elise; „kannte ich doch damals Nichts als das Vaterhaus, und da meine Eltern mit herüber kamen, vermißte ich kaum Etwas aus dem alten Vaterlande. Wohl steigt manchmal eine Art von Sehnsucht in mir auf, die Heimath wieder zu sehen, aber es ist mehr ein unbestimmtes Gefühl, das keinen festen und gewissen Anhaltspunkt hat, und deshalb auch nicht so mächtig, um mich lange und ernsthaft in Anspruch zu nehmen."

„Aber Sie führen doch ein recht einsames Leben hier oben."

„Ich bin kein anderes gewöhnt," sagte Elise, während aber doch ein leichter Seufzer ihre Brust hob; „Vater und Mutter sind so gut mit mir, und Alles, was ich brauche, hab' ich im Ueberfluß. Was könnte mir die geräuschvolle Welt da unten mehr bieten? Je mehr ich auch davon sehe, desto weniger gefällt sie mir, und ich habe es dem Vater oft schon im Stillen gedankt, daß er uns hier oben so vollkommen von dem Verkehr mit der Ansiedelung abgeschlossen."

„Aber was haben Sie schon davon gesehen?"

„Was? O, viel!" sagte Elise erstaunt: „lärmende, trunkene Menschen, die gar nicht selten unser Haus passirten, Klagen der Arbeiter im Ueberfluß, und Zank und Streit, Neid und Haß der einzelnen Colonisten, die manchmal den Vater bitten, zwischen ihnen zu entscheiden, damit sie keinen Advocaten anzunehmen brauchen. Es ist recht traurig, daß die Menschen nicht in Frieden neben einander leben können, und Vater hat gewiß ganz Recht gehabt, daß er sich von ihnen zurückgezogen. Wir leben jetzt hier viel glücklicher in unserer Einsamkeit, wo wir Nichts von all' dem Lärm und Unfrieden zu hören bekommen — und doch sehnt sich Mutter hinaus und zurück in die Welt."

„Sind Sie schon lange in Brasilien?"

„Sieben Jahre mögen es sein — vielleicht etwas weniger, und damals war die Colonie da unten ein kaum begonnener Platz, auf dem erst wenige Häuser standen. Erst in den letzten zwei Jahren begannen die Auswanderer hierher den Weg zu finden — der Vater sagt, weil ihnen lügenhafte Speculanten vorgeschwindelt hätten, daß der Boden hier so außerordentlich fruchtbar sei — und jetzt vergeht fast kein Monat, an dem nicht Schiffsladungen voll von ihnen ankommen."

„Das ist auch jetzt wieder der Fall," meinte Könnern, „und wir sind gerade heute heraufgekommen, um das nächstgelegene Land für neue Colonisten auszumessen. Sie werden dann wahrscheinlich auch hier oben eine Menge neuer Nachbarn bekommen."

„Dann zieht Vater gewiß weg von hier," lachte Elise, „denn er hat schon oft davon gesprochen, so hübsch er den Platz auch mag eingerichtet haben.

Wenn Mutter nicht dagegen gewesen wäre, Vater säße schon lange wieder irgendwo mitten im Walde ganz allein."

„Aber weshalb scheut er die Menschen so? Haben sie ihm je Etwas zu Leide gethan?"

„Ich weiß es nicht," sagte Elise treuherzig; „er spricht nie darüber und hat sogar —" sie schwieg plötzlich, und ein leichtes Roth färbte ihre Wangen.

„Was hat er?" fragte Könnern, weniger aus Interesse an der Frage, als an der Jungfrau selber, die durch ihre schlichte Einfachheit einen ganz eigenen Zauber über ihn auszuüben begann.

„O Nichts," sagte Elise leise; „Vater hat manchmal ganz sonderbare Einfälle, wenn er sich damit nur ihm lästige Menschen abhalten kann."

„Und glauben Sie, liebes Fräulein, daß es ihm unangenehm wäre, wenn ich vielleicht noch einmal herauf käme, ehe ich die Colonie verließe?"

„Sie wollen schon wieder fort?" fragte das junge Mädchen fast erschreckt, und erschrak doch noch mehr eigentlich über die Frage selber.

„Möglich ist es, daß ich noch mehrere Tage, vielleicht sogar einige Wochen in der Nachbarschaft bleibe," sagte der junge Mann; „es hängt das von Briefen ab, die ich von Rio erwarte und die vielleicht schon mit dem nächsten Postdampfer eintreffen können. Aber Sie haben mir meine Frage nicht beantwortet."

„Welche Frage?"

„Ob es Ihr Vater ungern sehen würde, wenn ich herauf käme um — Abschied von Ihnen zu nehmen," sagte Könnern, und es war ihm selber ein ganz eigenes, wehes Gefühl, als er die Worte sprach.

„Ob es der Vater ungern sehen würde," sagte Elise, und ein leises, fast wehmüthiges Lächeln stahl sich über ihre Züge, „weiß ich freilich nicht; ich aber würde es ganz bestimmt ungern sehen, wenn Sie — so bald schon wieder Abschied von uns nehmen wollten."

Könnern wollte ihr Etwas darauf anworten, aber er vermochte es nicht. Irgend eine leere Redensart paßte nicht auf die aus dem Herzen kommende Worte des einfachen Mädchens, und hätte er ihr so darauf erwiedert, wie es ihm sein eigen Herz eingab — das ging nicht — das war nicht möglich. Nur ihre Hand ergriff er und sagte endlich mit tiefem Gefühle:

„Der Mensch ist noch nicht ganz verloren, bei dessen Ankunft sich Jemand freut, dessen Abschied Jemanden betrübt. Ich will die Worte so einfach nehmen, wie sie gesprochen waren, aber sein Sie versichert, mein Fräulein, daß sie mir stets eine liebe, liebe Erinnerung bleiben werden."

Elise sah ihn fast etwas bestürzt an. Hatte sie mehr gesagt, wie sie eigentlich durfte — Du lieber Gott, sie war ja fast jedes geselligen Umganges entwöhnt. Wie um sich selber zu entschuldigen, fuhr sie fort:

„Wir haben hier so lange jeden gesellschaftlichen Umgang entbehrt, daß man es uns wahrlich nicht verdenken kann, wenn wir uns freuen, die Einsamkeit, ja Oede einmal durch einen freundlichen Besuch gestört zu sehen."

„Ich habe es auch nicht anders verstanden, liebes Fräulein," sagte Könnern mit einem Seufzer, „und doch danke ich Ihnen dafür. Aber Ihre Frau Mutter scheint Sie zu suchen — und dort hält auch der Director schon wieder, mich erwartend, vor der Thür. So rasch ist die Zeit vergangen, und ich glaubte, daß wir erst wenige Minuten im Garten gewesen wären."

„Leben Sie wohl!" sagte Elise, ihm freundlich und ohne Rückhalt die Hand zum Abschied reichend.

„Leben Sie wohl, liebes Fräulein!" sagte der

junge Mann, und er war einen Moment unschlüssig, ob er die ihm gereichte Hand an die Lippen heben solle, aber er bezwang sich, machte ihr eine ehrfurchtsvolle Verbeugung und verließ rasch den Garten.

6.

Zuhbel's Chagra.

Der Director wandte sein Pferd, als er Könnern auf sich zukommen sah, und ritt ihm voran die schmale Straße entlang.

„Nun, wie hat Ihnen die Familie gefallen?" sagte er endlich, als sie sich weit genug von Haus und Garten befanden, um nicht mehr von dort gehört zu werden; „nicht wahr, die Tochter ist nicht so übel?"

„Nein, ein ganz hübsches Mädchen," sagte Könnern und schämte sich fast vor sich selber dabei, des profanen Urtheils wegen, denn es schien ihm eine ordentliche Entweihung dieses schlichten, unschuldvollen Herzens. Glücklicher Weise verhinderte aber der enge Weg hier eine längere Unterhaltung.

Eine Viertelstunde später zeigte ihm der Director das Thal, dem er folgen könne, um einmal den Wald und die Nachbarschaft ein Wenig kennen zu lernen, bezeichnete ihm den Platz, wo er sein Pferd einstellen solle, warnte ihn noch einmal vor einem zu langen Streifzuge, damit er sich nicht doch etwa in den Bergen verirre, und setzte dann seinen eigenen Weg fort, Könnern sich selber überlassend.

Der junge Mann athmete tief auf, als er sich endlich allein im Walde sah; er fühlte das Bedürfniß, seinen Gedanken ungestört nachhängen zu können, und ein so eifriger Jäger er sonst auch sein mochte, heute vergaß er fast, weshalb er in den Wald gekommen, und ließ seinem Pferde willenlos den Zügel, einen Fußpfad zu verfolgen, der in dem Thale hinauflief. Dort oben sollte er noch eine Chagra, die letzte, erreichen, wo er sein Pferd lassen und die Jagd dann zu Fuße fortsetzen konnte, denn im Sattel ließ sich in diesen Wäldern eben gar Nichts ausrichten.

Und was hatte ihm denn nur auf einmal so Kopf und Herz befangen, was durchglühte ihn plötzlich mit einem nie gekannten, kaum geahnten Gefühl? Der Anblick, das Zusammensein mit diesem einfachen, schlichten Kinde des Waldes?

Könnern schüttelte selber über die tolle Idee den Kopf und suchte ein paar Mal sogar gewaltsam das holde Bild aus seiner Erinnerung zu bannen; aber es ging eben nicht. — Wenn er hinaus in den Wald horchte, hörte er die melodischen Laute ihrer Stimme, wenn er nach irgend einem möglichen Wild umherlugte, sah er das schelmische Lächeln der Jungfrau hinter jedem Busch und Strauch, als sie ihn fragte, ob er die Blumen liebe, und aus jedem perlenden Thautropfen schauten ihm die treuen Augen Elisens entgegen.

Mit einem Worte, er war bis über die Ohren verliebt, und daß er sich das zuletzt selber nicht einmal mehr verbergen konnte, ärgerte ihn am Allermeisten.

„Es ist reiner Wahnsinn," philosophirte er vor sich hin, „reiner, blanker Wahnsinn, daß ich da hinein reite, einer jungen Brünette in die Augen schaue und darüber auf einmal den Verstand verloren haben soll! Der muß mir jedenfalls schon früher abhanden gekommen sein — oben in Costa Rica vielleicht, oder am Mississippi, oder irgendwo anders sonst — der Teufel weiß es! Aber zum Kuckuck auch! Ich will doch einmal sehen, ob ich nicht Gewalt über mich habe, mir ein Mädchenbild aus dem Kopf zu schlagen, und wenn's eine Brünette mit den schönsten Reh-Augen der Welt wäre — und das ist sie nicht einmal — die Nase steht ihr ein klein Bißchen schief — ein ganz klein Bißchen nur, aber sie steht doch schief, und ist für eine wirkliche Schönheit viel zu stumpf, und das Kinn müßte nothwendig ein wenig länger sein — außerdem hat sie nicht einmal ein Grübchen darin, und ich schwärme für Grübchen im Kinn."

Und wie er sich die Fehler der Geliebten so gewaltsam vormalte, schauten über Nase und Kinn immer nur wieder jene Augen fest und tief in die seinigen; in dem Rauschen der Palmen hörte er die leise flüsternden Worte, wie sie ihm sagte: „Ich aber würde es ganz bestimmt ungern sehen, wenn Sie sobald schon wieder Abschied von uns nehmen wollten," und jeder wehende Zweig schien ihm zuzuwinken und zu rufen: „Zurück! Zurück — hinter Dir liegt das Glück, das Du verlassen hast, hinter Dir! Und was treibst Du Dich da noch länger so einsam und allein in der weiten, öden Welt umher?"

Er griff auch ein paar Mal wirklich seinem Pferde in die Zügel, als ob er dieser wunderlichen Stimme, die ihn drängte uud trieb, folgen wolle, aber es war das immer nur ein Moment. Im nächsten warf er trotzig den Kopf zurück und biß die Zähne auf einander. Aber die Traumbilder ließen ihm doch keine Ruhe, und er kam erst eigentlich ordentlich wieder zu sich selber, als er das ihm von dem Director bezeichnete Haus erreichte, das an der Gränze der Ansiedelung stand und wo er sein Pferd lassen wollte, um seine eigentliche Jagd zu beginnen.

Der Eigenthümer war allerdings gerade nicht zu Hause, sondern im Walde draußen, um Stämme für eine neue Scheune zu schlagen, das schadete aber Nichts; die Frau öffnete ihm den kleinen Pasto, wo er sein Thier indessen frei weiden lassen konnte, und mit seiner Büchsflinte auf der Schulter schritt er gerade in den Wald hinein, um sein Jagdglück, allen Gedanken und Träumen zum Trotz, in vollem Ernste zu versuchen.

Es giebt auch wirklich in der ganzen Welt kein besseres Mittel, um sich lästig werdender Gedanken zu entschlagen, als zu Fuß in einem tropischen Walde spazieren zu gehen. Im Sattel sucht sich das Pferd schon selber seinen Pfad, weicht Hindernissen aus oder überwindet sie, und trägt den Reiter seine Bahn entlang; ja, ein solcher einsamer Ritt ist eigentlich zum Brüten und Grübeln wie gemacht, und während sich der

Körper ruhig und endlich selbst theilnahmlos der Führung des Pferdes überläßt, haben Geist und Phantasie vollen Raum, in das Wilde hinaus zu schweifen, und machen denn auch bei jeder passenden Gelegenheit Gebrauch davon.

Anders und sehr verschieden ist das freilich, wenn man selber in den Gebüschen steckt, wenn sich jeder Fehltritt durch ein prosaisches Stolpern straft, und Dornen und Schlingpflanzen bald hier, bald da den Weg versperren. In solchem Falle ist's mit dem Grübeln unbedingt vorbei, und kein anderer Gedanke, als der, sich die Bahn frei zu halten, kann aufkommen.

Das Mittel half auch bei Könnern. Wie er nur erst einmal die letzte Umzäunung der Colonie hinter sich hatte und in den wirklichen Wald eintauchte, wobei er noch außerdem genöthigt war, sich genau die eingeschlagene Richtung zu merken, gewann der Wald um ihn her wieder seinen wirklichen Charakter, und ordentlich in der Wildniß drin erwachte auch die alte Leidenschaft zur Jagd in ihm, und ließ ihn mit dem ersten besten Pfade, auf den er den Fuß setzte, auch nach Fährten oder Spuren wilder Thiere suchen.

Es ist außerdem schon an und für sich ein ganz eigenthümliches, wunderbares Gefühl, in einem fremden, unbekannten Walde mit der Büchse im Arm dahin zu schreiten, und man muß eigentlich selber Jäger sein, um das recht mitempfinden oder auch nur begreifen zu können. Jeder Laut ist fremd, selbst das Rauschen der Blätter klingt dem Ohre ungewohnt, und noch dazu in einem tropischen Walde lenkt überall eines der sich stets bewegenden riesigen Blätter das Auge des Jägers bald da, bald dorthin und hält ihn anfänglich in fast fieberhafter Spannung.

Hier und da raschelt auch einmal das Laub — ein dürrer Ast knickt, ein Waldhuhn streicht dicht vor den Füßen des Jägers mit fremdartigem Geräusch empor und verschwindet, ehe er sich zum Schusse sammeln konnte, wieder in den Büschen, und irgend eine unbekannte Fährte fesselt plötzlich seinen Blick und lockt ihn, weit von seiner Richtung ab, lange, lange Strecken in den Wald hinein.

So streifte auch Könnern heute durch die Wildniß, die er freilich mit größeren Erwartungen für die Jagd betreten hatte. Er fand wohl einmal eine Stelle, wo ein Rudel Sauen den Grund aufgebrochen hatte, er sah die Fährten einer kleinen Rothwildart und einmal sogar die eines Panthers oder einer Tigerkatze, aber zum Schusse bekam er

Nichts als ein paar Waldhühner, die er aus dem Gebüsche herausstörte und im Fluge mit dem Schrotlauf schoß. Das war Alles, und als er am Stand der Sonne sah, daß er nicht viel Zeit mehr zu versäumen hatte, trat er den Rückweg an und erreichte etwa eine halbe Stunde vor Sonnenuntergang das Haus jenes Ansiedlers, wo sein Pferd stand.

Der Mann war jetzt zu Hause und empfing den Fremden auf das Gastlichste, wie es überhaupt in den Ansiedelungen Sitte ist, lachte auch gerade hinaus, als Könnern erklärte daß er heute Abend noch nach der Colonie zurück wolle.

„Mein lieber Freund,“ sagte er, „das ist reine Thorheit, und Sie verstehen es eben nicht besser. Bis Sie Ihr Pferd gesattelt haben und aus der Rodung hinaus sind, ist die Sonne unter und die Welt damit auch gleich stockdunkel, und nachher sollten Sie einmal sehen, wie Sie auf dem Hundewege mit Ihrem Pferde stecken blieben und stürzten, vielleicht obendrein noch Hals und Beine brächen. Fortreiten im Dunkeln? Denken Sie gar nicht daran, und außerdem lasse ich Sie nicht fort, wenn Sie auch wirklich wollten. Glauben Sie denn, daß uns die Fremden hier so dick zugeschneit kämen, daß wir einen, den wir einmal eingefangen, gleich wieder fliegen ließen? Gott bewahre — heute Abend wollen wir uns was erzählen, Sie von draußen, ich von drinnen, und da sollen Sie einmal sehen, wie rasch die Zeit verfliegt."

Er ließ auch wirklich gar keine Einwendungen gelten, und da sich Könnern viel eher in der Stimmung fühlte, den Abend bei ganz fremden Leuten zuzubringen, als unter Freunden zu verplaudern, so bedurfte es keines langen Zuredens seines freundlichen Wirthes, ihn zu bestimmen dessen Wunsch zu gewähren.

Während Könnern unter einem mächtigen Orangenbaume saß und einige der um ihn her den Boden bedeckenden Früchte verzehrte, erzählte ihm der Deutsche den größten Theil seiner Lebensgeschichte. Er hieß Heinrich Zubbel, hatte früher einen Handel in Rio Grande gehabt und mit einem Krämerkarren verschiedene Streiftouren nach Uruguay hinein gemacht, wo er eine Menge Geld verdient haben mußte. In San Leopoldo, wohin er auch einmal gekommen war, um seine Waaren an den Mann zu bringen, brachte er sich dann selber an. Er verliebte sich nämlich — oder besser gesagt, seine jetzige Frau verliebte sich eigentlich in ihn — die Eltern hatten Nichts dagegen, und er verkaufte seine ganzen Habseligkeiten an einen frisch eingewanderten Juden, übernahm die Colonie seines Schwiegervaters und wirthschaftete darauf, bis ihm der Nachbarn zu viele wurden. Damals wurde die jetzige Colonie Santa Clara, wenn auch nicht begründet, denn sie bestand schon längere Zeit, aber frisch in Angriff genommen, und Zuhbel beschloß, hieher überzusiedeln. Ueberhaupt an Herumziehen in der Welt gewöhnt, wurde ihm das auch nicht schwer, und er hatte sich jetzt mit Fleiß und Ausdauer ein ganz hübsches Besitzthum gegründet und lebte, wie er meinte, gerade weit genug von der Colonie entfernt, um sich Vieh halten zu können und nicht jeden Augenblick Aerger mit den Nachbarn zu haben. Die Kinder konnte er freilich von hier aus nicht in die Schule schicken, denn das war zu weit und die Schule taugte auch Nichts; deshalb unterrichteten er und die Frau sie selber, und der „Landsmann" sollte sich nachher einmal überzeugen, was sie schon Alles könnten.

Der Mann plauderte so in einer Schnur fort, und erzählte dem Fremden eine von den tausend Geschichten, die der Wanderer durch solche Länder fast in jeder Hütte zu hören bekommt und als eine der vielen Reiseunannehmlichkeiten eben hinnehmen muß: eine Lebensgeschichte ohne das geringste Interessante, ein alltäglicher Lebenslauf in den Colonien, voll Arbeit, und Glück und Mißgeschick, bunt und ohne Zweck oder Ziel durch einander gemischt.

Der Mann hier schien aber trotzdem keiner der gewöhnlichen Bauern zu sein, wie auch sein früherer Erwerb bewies; er war eine Art von verdorbenem Genie, der ein Bißchen von Allem oberflächlich gelernt hatte, das Wenige aber nach Kräften zur Geltung zu bringen suchte, wo sich ihm irgend Gelegenheit dazu bot.

Als sich die Sonne endlich hinter die Bäume senkte, lud er seinen Gast ein, in's Haus zu kommen, da der Thau schon zu fallen begann. Dort fand Könnern die Frau emsig beschäftigt, den Tisch zu decken, und ein junges, bildhübsches Mädchen von vielleicht dreizehn Jahren, aber schon hoch aufgeschossen, half ihr dabei.

Die Frau trug nicht die deutsche Bauerntracht, sondern mehr eine Kleidung, wie sie bei Handwerkerfrauen auf dem Lande Sitte ist: ein blaugeblümtes, dunkles Kattunkleid, eine weiße Schürze und — jedenfalls dem Gaste zu Ehren — ein gelb und roth carrirtes Seidentuch um den Hals geknüpft. Sie mußte auch einmal recht hübsch gewesen sein, denn die Spuren ließen sich selbst jetzt noch erkennen, aber harte Arbeit und eine heiße Sonne reiben den Körper auf und machen ihn rasch verblühen. Sie grüßte schüchtern und verließ mit ihrer Tochter das Zimmer, sobald es Könnern betrat. Aber auch sein Wirth hatte noch draußen zu thun.

„Setzen Sie sich und machen Sie es sich bequem," sagte er zu seinem Gaste, als er diesen in die Stube geführt hatte; „ich bin gleich wieder da, ich will Ihnen nur Etwas von meinen Fabrikaten holen."

Damit verließ er ebenfalls das Zimmer und ließ dem jungen Deutschen vollkommen Zeit, sich diese Heimath eines deutsch-brasilianischen Pflanzers mit Muße zu betrachten — und wahrlich, es schien ein wunderlicher Platz!

Das große, geräumige Zimmer mit weißen Kalkwänden nahm den ganzen vordern Theil des Hauses ein. Die Möbel bestanden großentheils aus einfachem weißen Holze. Nur ein, möglicherweise aus Deutschland mitgebrachter runder Tisch in der Ecke war aus Mahagoni; eben so ein Stuhl, der aber nur noch drei Beine hatte und mehr zum Staate als zum wirklichen Dienste wie in Gedanken in der Ecke lehnte.

An der einen Wand stand ein Fortepiano aus Nußbaumholz; daneben aber ein angebrochener Mehlsack, aus dem wahrscheinlich der tägliche Bedarf für das Haus genommen wurde; auf dem Clavier lag ein kürzlich abgenommener Pferdezaum, denn das Gebiß war noch feucht, und in der Ecke am Fenster ein alter, zerrissener Sattel, neben dem wiederum zwei Fässer mit Bohnen und Erbsen standen. Auf den Mahagonitisch war außerdem als Decke das etwas defecte Umschlagetuch der Frau gebreitet; die Zipfel desselben reichten aber nicht weit genug herunter, um ein Paar Halbstiefel und einige noch nicht gereinigte Frauenschuhe zu verbergen. Ein Paar abgeworfene Hosenträger lagen auf dem Umschlagetuche.

Die Familie schien außer dem Clavier aber auch sonst noch entschieden musikalisch zu sein, denn über demselben, neben einer gewöhnlichen Handwage und einem lange nicht abgestaubtne Rocke, hingen noch zwei Guitarren und eine Violine — alle drei in etwas desolaten Umständen. — Sonst aber sah es reinlich in dem Zimmer aus; die Dielen waren frisch gescheuert und an dem einen Fenster sogar ein schwacher Versuch zu einer Gardine gemacht.

Könnern lehnte seine Büchsflinte in die Ecke

neben den Mehlsack und hatte gerade Zeit genug gehabt, sich in dem Zimmer ein klein wenig umzusehen, als sein Wirth mit einer Flasche Wein und ein paar Gläsern zurückkehrte.

„Nun sollen Sie auch einmal eine Flasche Santa Clara Ausbruch versuchen, ein capitales Weinchen," sagte er dabei, indem er die Flasche auf den Tisch stellte und entkorkte, „selbst gezogen — delicat — noch ein Bißchen jung vielleicht, aber famos — die Blume!"

Der Wein hatte eine Rosafarbe; als ihn Könnern aber kostete, lachte er gerade hinaus und rief:

„Sie haben sich mit der Flasche vergriffen; das ist Himbeeressig!"

„Himbeeressig?" sagte Herr Zuhbel erstaunt, indem er vorsichtig von seinem Glase kostete — „ich habe ja gar keinen — bitte um Verzeihung, das ist mein Ausbruch. Er ist ein Bißchen säuerlich, weil bei uns die Beeren so ungleich reifen, aber ich gebe Ihnen mein Wort, wenn man sich erst einmal an den Wein gewöhnt hat, schmeckt Einem der beste Markobrunner nicht mehr."

„Das glaube ich auch," sagte Könnern, der einen zweiten Versuch machte, das Glas aber dann kopfschüttelnd wieder auf den Tisch setzte — „ich bin übrigens kein Weinkenner, lieber Herr, und trinke nur Wasser. Jeder Wein steigt mir augenblicklich zu Kopfe."

„Der nicht," rief Zubbel in Eifer, „der wahrhaftig nicht, und wenn Sie drei Flaschen davon tränken! (Könnern zogen sich schon bei dem Gedanken an eine solche Möglichkeit die Eingeweide zusammen und alle Zähne wurden ihm stumpf.) Uebrigens können Sie auch Milch bekommen, meine Weiberleute trinken auch gewöhnlich Milch, und da kommen sie schon mit dem Essen. Nun langen Sie tüchtig zu, denn Sie werden nach dem heutigen Marsch Hunger bekommen haben."

Die Frau brachte in der That herein, was das Haus bot, delicates Brod, frische Butter, guten Käse, Milch und Eier, Alles reichlich und mit größter Reinlichkeit aufgetischt; aber sie sprach kein Wort, wenn nicht eine Frage direct an sie gerichtet wurde. Auch das junge Mädchen hielt sich scheu zurück und wagte nicht einmal ordentlich an den Tisch hinan zu rücken, an den sie weit hinüberlangen mußte. Zubbel führte allein das Wort und erzählte ununterbrochen von seinem Leben hier zwischen den „Brasilischen", von seinen Arbeiten und Erfolgen, wie er den Leuten hier erst habe zeigen müssen was Ackerbau sei, wie er seine Felder einrichte und bewirthschafte, was er ziehe und möglich gemacht habe, und wie er es eigentlich gewesen sei, der in die Ansiedelung unten ein wenig Ordnung gebracht habe.

„Mit dem Director ist es Nichts," fuhr er fort — „gar Nichts, das ist ein Grobian, wie er im Buche steht, aufgeblasen und stolz — ja, „Dickethun ist mein Reichthum," das paßt auf den. Will Alles besser wissen, und hat nicht die geringste Lebensart. Da ist der Delegado ein anderer Mann — der weiß, was Höflichkeit ist und was unser Einer versteht, und giebt sich mit dem gemeinen Manne ab, daß es eine Lust ist."

Dann kam er auf die Frau Gräfin zu sprechen, die ihn einmal „mein lieber Herr Zuhbel" genannt hatte und von der er entzückt schien. Das war eine Dame, wie sie eigentlich sein sollte, „wirklich vornehm und doch so gemein als möglich."

Könnern ermüdete das Gespräch. Er hatte schon lange herausgemerkt, daß sein freundlicher Wirth zu den Menschen gehörte, die ihren Nachbar nur danach beurtheilen, wie sie selber von ihm behandelt sind, und den aus Grundsatz hassen, der klüger oder fleißiger ist als sie, oder wenigstens von seiner Arbeit mehr Erfolg gehabt hat. Leider giebt es solcher Leute ja genug in allen Ständen, und man braucht eben nicht nach Brasilien zu gehen, um mit ihnen zusammenzutreffen. Zuhbel dagegen, der ebenfalls gefunden, daß sein Gast ein „Fremder" sei, und der hier draußen viel zu selten Gelegenheit bekam, seine Lichtseiten zu entwickeln, nahm jetzt die Ansiedler Einen nach dem Andern durch, um, wie er meinte, dem neuen Einwanderer gleich einen richtigen Ueberblick über die Verhältnisse zu gestatten.

Indessen war es vollkommen Nacht geworden, als draußen der Hufschlag eines Pferdes laut wurde und gleich darauf ein junger, kräftiger Bursche von etwa siebenzehn Jahren in's Zimmer trat. Es war Zuhbel's Sohn, der den Fremden freundlich grüßte und dann, ohne von seiner Familie auch nur die geringste Notiz zu nehmen, sich zum Tische setzte und die noch übrigen Speisen verzehrte. Er leerte sogar ein Glas von dem Wein, ohne eine Miene dabei zu verziehen.

Während er aß, saß Zuhbel wie auf Kohlen; er rückte auf seinem Stuhle hin und her und sah immer nach seinem Sohne hinüber, und als dieser kaum den letzten Bissen im Munde hatte und seinen Teller zurückschob, stand er auf, rieb sich die Hände und sagte:

„So, jetzt kann's losgehen — jetzt sollen Sie einmal sehen, daß wir hier im brasilianischen

Walde nicht bloß lauter Bauern und Holzhacker sind, sondern daß wir auch in der Kunst Etwas leisten. Bist Du fertig, Junge?"

„Ja, Vater," sagte der Sohn, stand auf, wischte sich den Mund, nahm einen kleinen Zusammenlegekamm aus der Tasche, um seine Frisur oberflächlich in Ordnung zu bringen, und griff dann ohne Weiteres nach der über dem Claviere hangenden Violine, die er zu stimmen und herauf und herunter zu schrauben begann. Es dauerte eine geraume Zeit, bis er damit fertig wurde; der alte Zuhbel hatte indessen das Clavier geöffnet und sich daran gesetzt.

„Spielen Sie?" fragte er Könnern. Dieser verneinte. „Das müssen Sie noch lernen," fuhr Zuhbel fort, indem er einen falschen Accord griff; „es ist etwas gar Schönes für einen Colonisten, wenn er sich Abends nach der Arbeit die Zeit ein wenig mit Musik vertreiben kann — na, hast Du's bald?" wandte er sich an seinen Sohn.

„Jetzt kommt's," sagte dieser, indem er einen Ton auf dem Clavier anschlug und seine Stimmung damit verglich. Es stimmte so ziemlich — höchstens um einen halben Ton Unterschied, was zu unbedeutend war, deshalb noch einmal alle Saiten abzuschrauben. Ein Strich über die Violine war das Zeichen, und ohne weitere Verabredung, als ob gar keine andere Melodie möglich sei, fielen Beide in die Fra Diavolo'sche Romanze: „Erblickt auf Felseshöhen," ein und kratzten und hämmerten dieselbe richtig durch, der Vater natürlich nur den Baß schlagend, wobei es nicht darauf ankam, ob er manchmal um zwei oder drei Zoll daneben griff.

Dann kam ein schwermüthiges Lied: „Von der Alpe tönt das Horn," dann „Die Fahrt in's Heu" mit allen Versen. Den Schluß bildete aber das Schrecklichste von Allem, ein Choral; denn während es bei den früheren Liedern über die Mißtöne rasch hinwegging, wurden sie hier lang und feierlich ausgehalten, und Könnern als Schlachtopfer saß in der einen Ecke und rauchte eine schlechte Cigarre, die wie der Wein eigenes Fabricat des Tausendkünstlers war.

Aber auch das ging vorüber; das Concert war beendet, die Violine hing wieder an der Wand und das Clavier wurde geschlossen — der erste angenehme Ton, den es heute von sich gab.

„Es sind nur drei Instrumente in der ganzen Colonie," sagte Zuhbel mit Stolz, indem er den alten Klapperkasten freundlich auf den Rücken klopfte, als ob es ein Pferd gewesen wäre; „eins hat die Frau Gräfin, ein wahres Prachtstück; die junge Gräfin hat mir einmal selber Etwas darauf vorgespielt — die spielt, und das ist ein Mädel — zum 'neinbeißen, sage ich Ihnen. Sie kennen sie aber gewiß schon?"

„Ich habe sie nur einmal im Vorbeireiten gesehen."

„Reiten kann sie wie der helle Teufel — und das dritte hat der Meier — der Einsiedler, wie sie ihn unten nennen; aber ob darauf gespielt wird, kann man nicht erfahren, denn er liegt wie ein Kettenhund vor seiner eigenen Thür und läßt Niemanden hinein — das ist ein schrecklicher Mensch!"

„Er macht sich nicht viel aus Gesellschaft," sagte Könnern gleichgültig.

„Haben Sie das auch schon gemerkt?" lachte Zubbel; „ja, der läßt Alle abfahren, wer sie auch sein mögen, aber — es hat seinen Grund."

„Er mag etwas menschenscheu sein; lieber Gott, Jeder von uns hat seine Schwachheiten!" sagte Könnern und dachte an das Concert.

„Schwachheiten?" fragte Zubbel geheimnißvoll — „bei dem ist's mehr, darauf gebe ich Ihnen mein Wort. Dahinter steckt Etwas. — Mit dem ist's nicht richtig, und daß der — ich mag keinem Menschen etwas Böses nachsagen — aber daß der wenigstens einen Mord auf dem Gewissen hat, darauf können Sie Gift nehmen. — Denken Sie denn, daß der Jemandem gerade in's Gesicht sehen kann? Gott bewahre, eine blaue Brille setzt er auf, hinter der man nie weiß ob er schläft oder zuhört, wenn man ihm 'was sagt, und daß er ein einziges Mal seine Nachbarn besucht hätte, so lange er hier in der Gegend wohnt — ist ihm noch gar nicht eingefallen."

„Ja, aber mein lieber Herr Zubbel," sagte Könnern, „nicht alle Menschen haben eben Freude an Gesellschaft!"

„Ach was," rief der Mann, „der ist keines Menschen Freund, wie sein eigener, und ich weiß nicht einmal, ob er sich selber 'was aus sich macht. Nein, bleiben Sie mir mit dem Herrn Meier vom Leibe, und mit seiner ganzen Familie, der alten, knuffnäsigen Frau, die Einen immer ansieht als ob sie Einen beißen wollte — lieber Gott, ich thu' ihr Nichts! — und dem bleichsüchtigen Ding von Mädchen. Und mit seinem Reichthum soll's auch nicht so weit her sein — mich kauft er nicht aus, so viel weiß ich, und mein Land gäbe ich nicht für ein Dutzend solcher Chagra's hin, wie er eine hat."

Der Mann war im Zuge und ließ Könnern

nur in so fern Ruhe, daß er nicht von ihm verlangte, ebenfalls zu reden. Er hechelte die Colonie wieder von oben bis unten durch, und das Resultat blieb, daß er der Einzige von Allen sei, der wirklich Etwas vom Ackerbau verstehe und eine Musterwirthschaft eingerichtet habe, auf der er den Colonisten einmal zeigen wolle was man aus dem Lande machen könne, wenn man es eben richtig angriffe. Könnern war froh, als er sich endlich mit der späten Stunde, und Müdigkeit vorschützend, entschuldigen konnte, um sein Lager zu suchen.

Auch hier war Alles für ihn durch die Frauen auf das Sauberste hergerichtet, und in einer der oberen Kammern fand er ein, wenn auch ein wenig hartes, doch frisch überzogenes Bett, mit Waschzeug, Handtuch und frischem Wasser, und außerdem noch einen Teller mit Maniokmehl und einen Korb voll Orangen, die bei dem brasilianischen Landmanne einen nicht unbedeutenden Theil seiner Nahrung bilden.

Die Frau leuchtete ihm hinauf. Sie sprach kein Wort dabei, setzte ihm das Licht in die Stube und sah sich dann noch einmal um, ob auch Alles in Ordnung sei. Dann ging sie wieder eben so schweigend zur Thür zurück, drehte sich noch einmal um, sah Könnern ruhig an und sagte:

„Glauben Sie kein Wort von dem, was er Ihnen sagt. Es ist Alles nicht wahr. Gute Nacht, schlafen Sie wohl!“ und damit verschwand sie draußen in dem dunklen Gange.

Könnern lachte still vor sich hin, aber er war durch das furchtbare Schwatzen seines Wirthes so geistig müde geworden, daß er an dem Abend nicht einmal mehr denken konnte. So suchte er denn sein Lager und hatte sich kaum darauf ausgestreckt, als er auch in einen tiefen Schlaf fiel und erst am hellen Morgen neu gestärkt erwachte.

Nun wollte er jetzt allerdings gleich zur Ansiedlung zurückkehren, weil er fürchtete, daß der Director vielleicht seinetwegen in Sorge sein könne; aber Zuhbel ließ ihn nicht. Erst mußte er frühstücken und dann seine Felder besehen, ohne das kam er nicht los.

Könnern war nun Nichts weniger als Oekonom, und verstand nicht das Geringste von der Landwirthschaft, das schadete aber Nichts; Zuhbel schleppte seinen Gast mit einem wahren Feuereifer über geackerte und ungeackerte Felder, und zeigte ihm, was er hier bauen wollte, und was er da gebaut hatte, wie jener Graben dort und dieser da gezogen sei, und wie alt der oder jener Pfirsichbaum wäre, und wo er die jungen Stämme herbekommen habe — Dinge, die den jungen Maler auch nicht im Geringsten interessirten. Endlich hatten sie Alles gesehen, keine Hecken-Anpflanzung von Quittenbäumen, kein Reis- oder Maisfeld war mehr übrig, und der Fremde durfte endlich den Wunsch aussprechen, sein Pferd zu satteln. Das aber besorgte ihm der junge Zuhbel, der zum zweiten Frühstücke aus dem Felde hereingekommen war, und Könnern athmete hoch auf, als er endlich wieder auf dem schmalen Pfade, das Thal hinab, der Ansiedelung zutraben konnte.

Und dennoch schlug er nicht den nächsten Weg dorthin ein, sondern lenkte links ab, an Meier's Chagra vorüber, und weshalb? Er hatte anfangs ein unbestimmtes Gefühl, als ob er die beiden geschossenen Waldhühner, die an seinem Sattelknopfe hingen, Elise bringen wolle — aber das ging nicht. Er durfte dem alten Manne nicht lästig fallen — nicht jetzt schon wieder sein Haus betreten — und doch, mit wie schwerem Herzen ritt er an der dichten Hecke vorüber, die Alles umschlossen hielt, was seinem Herzen lieb und theuer war. — Vergebens suchte er auch nur einen Blick in die Umzäunung zu gewinnen; der alte Meier hatte schon dafür gesorgt, daß kein neugieriges Auge in sein Heiligthum dringen könne, und tief aufseufzend ließ er seinem Pferde endlich wieder den Zügel, um den Weg zu verfolgen, der ihn hinunter nach Santa Clara brachte.

Noch hatte er aber das Ende der Umzäunung nicht erreicht, als er plötzlich Musik zu hören glaubte. Er griff seinem Thiere rasch in den Zügel und lauschte. Richtig — im Garten selber hörte er die melodischen Töne einer Zither. Eine Weile horchte er, aber er war hier noch zu weit entfernt, um die Melodie deutlich zu unterscheiden; nur die einzelnen, höheren Töne drangen zu ihm herüber, und ehe er noch zu einem rechten Entschluß gekommen, was zu thun, war er schon abgestiegen und hatte sein Pferd am Zügel.

Ein Weg führte dort allerdings nicht hinein, aber die Büsche waren doch nicht so dicht, daß er nicht hindurch gekonnt hätte, und einen Augenblick stand er unschlüssig, ob er das Pferd hier draußen am Wege anbinden solle. Aber vom Hause aus konnte Jemand daher kommen und ihn beim Horchen ertappen — besser, er nahm es mit, und es vorsichtig führend, näherte er sich mehr und mehr dem Spielenden, bis endlich ganz deutlich und gar nicht weit entfernt das Lied zu ihm herübertönte.

Hier aber hemmte eine hohe und vollkommen dichte Hecke jedes weitere Vordringen; zu nahe durfte er überhaupt nicht hinan, daß ihn der Schritt des Pferdes nicht verrieth — er blieb stehen und lauschte der Melodie, die eine Meisterhand aus den Saiten lockte — aber wer spielte hier? Der alte Meier selber vielleicht? Der Director hatte ihm schon gesagt, daß er sehr musikalisch sei. Es war eine jener schwermüthigen deutschen Volksweisen, an denen wir so reich sind, und ein tiefes inniges Gefühl schien die Saiten zu beleben.

Jetzt war das Lied beendet und Alles ruhig — hatte sich der Spieler wieder entfernt? Es war so still geworden, daß er sich ordentlich fürchtete den Platz zu verlassen, weil ihn das durch das Pferd verursachte Geräusch verrathen mußte.

Da plötzlich wurden wieder einzelne Accorde angeschlagen, erst leise und wehmüthig, dann in eine mehr heitere Weise übergehend. Zwei oder drei der kleinen allerliebsten steyrischen Ländler folgten, dann plötzlich in eine andere Tonart überspringend, intonirte der Spieler eine dem Zuhörer fremde Melodie, und jetzt — das Herz schlug ihm auf einmal wie ein Hammer in der Brust, begann eine glockenreine Mädchenstimme ein kleines Lied, von dem er deutlich jede Silbe verstehen konnte:

Die Herzen wachsen alle dort
Im blauen Himmelsfeld,
Und immer zwei beisammen, eng,
Die eine Schale hält.

Vielliebchen gleich, so keimen sie
Je zwei und zwei selband,
Und sind sie reif, nimmt sie der Herr
Und streut sie über's Land.

Eins pflanzt er einem Jüngling ein,
Das and're einer Maid,
Und spricht: Mein Segen ruht auf Euch,
Wenn Ihr vereinigt seid.

Die beiden Hälften suchen nun
Sich in der Welt daher,
Und selig, wer sein halbes find't,
O dreimal selig der!

Das halbe Herz, Du lieber Gott,
Kann doch auch halb nur schlagen —
Wer meine and're Hälfte hat,
Ich wollt', er thät mir's sagen.

Könnern lauschte dem Liede mit glühenden Wangen, kaum aber war es beendet, als er — er wußte kaum was er that — die beiden geschossenen Waldhühner vom Sattelknopfe nahm und mit keckem Wurf über die Hecke hinweg in den Garten schleuderte.

Er hörte noch drinnen einen leisen Aufschrei, aber weiter Nichts, in wilder Flucht trieb er sein Pferd wieder durch den Busch zurück auf den Weg, sprang in den Sattel, und jagte mit einem ganzen Sturm tobender Gefühle im Herzen in die Ansiedelung zurück.

7.

Die neuen Colonisten.

Der scharfe Ritt that dem wilden Reiter wohl, und weil er der Unsicherheit des Weges halber sein Thier fest im Zügel halten mußte, sammelten sich seine Gedanken auch wieder mehr auf seine äußere Umgebung.

An der Gränze des Städtchens schon fiel ihm das rege Leben auf, das er hier traf und das er gestern und vorgestern lange nicht so gefunden. Eine Menge von fremden, abenteuerlichen Gestalten, die meisten mit Gewehren auf dem Rücken, als ob sie sich zu einem Kriegszuge gerüstet hätten, liefen hin und wieder, und als er sich des Directors Hause näherte, fand er dieses von einem ganzen Menschenschwarm ordentlich belagert.

Glücklicher Weise traf er einen der Hausleute, der ihm sein Pferd abnehmen konnte, und dieser theilte ihm auch die Neuigkeit mit, daß das Auswandererschiff angekommen sei.

Mit Mühe arbeitete er sich durch das Gedränge im untern Theile des Hauses, denn die Leute schienen der Meinung zu sein, daß jeder von ihnen sein Haus und Feld schon fertig vorfände, und sie Alle wollten sich jetzt nur beim Director erkundigen, „wo es läge", damit sie gleich einziehen könnten.

Den Director fand er oben in einer ganz verzweifelten Stimmung, wie er sich gerade mit einem etwas zu frechen Burschen herumzankte und im Begriffe stand, diesen eigenhändig die Treppe hinunter zu werfen. Können behielt noch eben Zeit, dem Hinunterpolternden auszuweichen.

„Da haben wir's!" rief ihm der Director schon oben entgegen. „Jetzt sind sie da und Nichts fertig — Nichts in Ordnung, daß man sich auch noch von den Flegeln im eigenen Hause muß Grobheiten sagen lassen!"

„Nun, die Strafe folgte wenigstens auf dem Fuße," lachte Können.

„Da soll einem Andern die Galle nicht überlaufen! Ich hätte mich an dem Lump eigentlich nicht vergreifen sollen, aber, bei Gott im Himmel, sie treiben's zu arg! Er nannte mich geradezu einen Ochsen, und da gebrauchte ich mein Hausrecht!"

„Recht ist ihm geschehen," sagte Könnern; „aber was nun? — Wo wollen Sie mit der ganzen Gesellschaft hin?"

„Sie können mir dabei helfen, Könnern."

„Von Herzen gern, wenn ich eben nur weiß wie."

„Ich habe für diesen Fall, da ich ja schon vorgestern von der Ankunft hörte, ein paar Häuser in der Stadt gemiethet; wir dürfen die armen Teufel, besonders die Frauen, doch nicht im Freien liegen lassen, denn es kann noch jede Nacht ein tüchtiger Regen einsetzen. In dem Auswandererhause bringe ich aber höchstens noch acht oder zehn unter, bei mir vielleicht auch noch zwei oder drei, und die Uebrigen müssen in jene beiden Häuser einlogirt werden. Kommen Sie mit hinunter; wir sehen uns die beiden Baulichkeiten gleich noch einmal an, und dann sind Sie vielleicht so freundlich und übernehmen die Hinüberschaffung der Leute. — Apropos, wo waren Sie die Nacht? — Verirrt?"

„Nein; bei einem Herrn Zubbel auf der Chagra.“

„Ah, bei meinem Freunde Zubbel; nun, da hatten Sie wenigstens Concert und Wein,“ sagte der Director trocken.

„Das sei Gott geklagt!“ lachte Könnern.

„Und haben auch gleich einen Ueberblick über die Privatverhältnisse der Einzelnen bekommen. Doch lassen wir das. Jetzt an die Arbeit, und nachher müssen Sie mir von Ihrer Jagd erzählen!“ — —

In dem kleinen Städtchen sah es heute wirklich bunt aus, denn gestern Abend noch, schon nach elf Uhr, waren die Einwanderer mit Booten heraufgekommen, wo sie natürlich an der Landung liegen bleiben mußten. Der Capitän hatte ihnen freilich abgerathen, die Fahrt noch so spät zu unternehmen, aber die Leute wollten so rasch als möglich brasilianischen Grund und Boden betreten, und nur Wenige waren klug genug gewesen, den nächsten Morgen abzuwarten, um ihren Einzug in Brasilien zu halten. Jetzt strömten sie nun nach allen Richtungen in der Stadt umher, und als man sie haben wollte, um ihren nächsten Aufenthalt zu ordnen, war eben Keiner zu finden.

Nur mit großer Mühe gelang es Könnern

und dem Director, die Leute endlich in die allerdings engen Räumlichkeiten hinein zu bringen, und sie fanden hier wieder bestätigt, daß alle die, denen man es ansah, wie sie früher in besseren und behäbigeren Verhältnissen gelebt, am Leichtesten zu befriedigen waren und sich die größten Unbequemlichkeiten gern gefallen ließen, während gerade die abgerissensten und verwahrlostesten Subjecte sich mit Nichts zufrieden zeigten und die größten Ansprüche machten.

Noch drei Familien waren übrig geblieben, die im Anfang auch gar kein Verlangen nach einem Unterkommen zu haben schienen, und unten ruhig am Wasser saßen, dem Treiben der Anderen zuzusehen. Der Director hatte sich gefreut, daß sie vernünftig abwarteten bis die Reihe an sie kam, und schon beschlossen, sie so gut als irgend möglich zu quartieren.

Jetzt ging er, während Könnern sich noch mit einer andern Familie oben in der Stadt abquälte, zu ihnen und sagte:

„So, Ihr Leute, Ihr sollt nicht zu kurz gekommen sein, daß Ihr mir das Leben nicht auch schwer gemacht habt. Die Frauen mögen nun noch bei den Sachen bleiben, und Ihr Männer packt indessen auf den Karren, der da gerade wieder die Straße herunterkommt, was Ihr eben laden könnt. Ich habe für den Augenblick nur noch das eine Fuhrwerk zur Verfügung."

„Ja, das ist schon gut," sagte der eine Mann, der auf einer Kiste saß und auch keine Miene machte aufzustehen; „wann kommt aber denn nun eigentlich das Schiff?"

„Welches Schiff?"

„Nun, unser Schiff!"

„Das Euch hergebracht hat?"

„Nein, das andere."

„Das andere? Was für ein anderes?"

„Nun, das uns von hier nach Rio Grande bringen soll."

„Nach Rio Grande? Ja, Leute, wollt Ihr denn schon wieder fort? Ihr seid doch eben erst hier angekommen!"

„Ja, wir haben alle unsere Freundschaft bei Rio Grande," sagte die eine Frau, „und die Passage auch dorthin bezahlt."

„Aber hier legt nie ein Schiff nach Rio Grande an," sagte der Director; „da müßtet Ihr erst wieder nach Santa Catharina fahren, und das kann noch sechs oder acht Wochen dauern, bis sich dazu Gelegenheit findet. Wenn Ihr dahin wolltet, so mußtet Ihr doch wahrhaftig mit keinem Schiffe nach Santa Clara fahren. Da hättet Ihr Euch vorher erkundigen sollen."

„Ja, das haben wir doch gethan," sagte der eine Mann; „der Herr Agent in Antwerpen hat uns ja auch gesagt, das Schiff hier brächte uns nach Santa Clara, und Rio Grande wäre dicht dabei — er hat's uns ja auch auf der Karte gezeigt — keinen Finger breit von einander war's."

„Und Euer Schiffscontract ist bis nach Rio Grande gemacht?"

„Da — hier steht's," sagte der Mann und zog das Papier aus der Tasche.

Der Director nahm es; aber auf den ersten Blick sah er schon, daß in dem Contracte stand: Von Antwerpen nach Santa Clara. „Da steht ja kein Wort von Rio Grande?" fragte er den Auswanderer.

„Na, natürlich nicht, weil's dicht dabei liegt," brummte dieser verdrießlich; „das hat uns ja der Herr Agent ganz genau auseinander gesetzt, daß das Schiff nur bis Santa Clara ginge und daß dann ein anderes daneben liege, welches uns gleich hinüberbringe. Die Schiffe fahren ja doch alle hier erst in Santa Clara an — so dumm sind wir auch nicht, daß wir das nicht genau ausgemacht hätten."

Der Director faltete den Contract langsam zusammen und gab ihn dem Manne zurück.

„Lieber Freund," sagte er ruhig, „die Sache ist höchst einfach die, daß Ihr Euch in Antwerpen habt anführen lassen — weiter Nichts. Der Agent dort hatte gerade dieses Schiff liegen und seinem Contracte nach Passagiere dafür zu schaffen; deshalb seid Ihr da mit aufgepackt und fortgeschickt. Zwischen hier und Rio Grande besteht gar keine regelmäßige Verbindung; nur zu Zeiten bietet sich Gelegenheit durch einen der kleinen Küstenfahrer, der Euch nach Santa Catharina bringen könnte. Dort müßt Ihr aber wieder auf ein Dampfschiff. Was außerdem die kleine Entfernung betrifft, so könnt Ihr die Reise nach Santa Catharina vielleicht in vier bis fünf Tagen machen, wenn der Wind gut ist — im andern Falle nimmt sie eben so viele Wochen in Anspruch, und von da sind auch wieder drei bis vier Tage nach Rio Grande nöthig. Außerdem wird Euch diese Tour fast noch eben so viel kosten, als die Reise von Deutschland hierher."

„Aber Du mein großer, allmächtiger Gott, wir haben ja keinen Pfennig Geld mehr!" schrie die eine Frau.

„Und der Herr Agent hat gesagt, daß uns die

Reise von hier nach Rio Grande keinen Heller kosten sollte."

„Dann hat der Agent einfach gelogen," sagte der Director ruhig, „und es ist eine Betrügerei, wie sie schon mehrfach vorgekommen."

„O, Du mein gütiger Heiland," jammerte eine andere Frau, „dann sind wir verrathen und verkauft und müssen hier elend verderben!"

„Beruhigt Euch, so schlimm ist die Sache noch nicht," tröstete sie der Director — „wenn Ihr Euch nicht vielleicht doch noch entschließt hier zu bleiben und Euch hier niederzulassen."

„Aber wir haben unsere ganze Freundschaft bei Rio Grande; meiner Schwester Sohn und der Elias und die Dorothea sind auch drüben und warten auf uns. — "

„Gut, gut, ich sehe jetzt schon wie die Sache steht; ich will einen Versuch machen und an die Regierung nach Rio schreiben, welche schon mehreren anderen armen Auswanderern, die von betrügerischen Agenten in eine ähnliche Lage gebracht worden, geholfen hat, und vielleicht läßt sich doch noch Alles einrichten."

„Und wann können wir fort?" fragte die Frau rasch — „kommt das Schiff bald?"

„Ja, liebe Frau," sagte der Director, „so rasch

geht die Sache nicht; wenn ich Euch in zwei oder drei Monaten hier wegbringe...."

Ein lautes Gejammer der Frauen unterbrach ihn, aber es war hier gar Nichts weiter zu thun. Die Leute hatten sich einmal betrügen lassen, und es blieb nichts Anderes übrig, als die Regierung um Hülfe anzusprechen, was freilich nicht in ein paar Tagen gethan war. Der Brief allein brauchte acht Tage, bis er hinkam. Diese Leute mußten aber eben doch untergebracht werden, und wie sie in der ganzen Zeit erhalten werden sollten, blieb außerdem noch zu bedenken. Die Männer waren indessen kräftig und konnten arbeiten, und Arbeit' gab es immer, wenn es auch nur zu Wegebauten gewesen wäre.

Daß der Director nicht viel ruhige Stunden bei all' diesem Wirrwarr hatte, läßt sich denken, und außerdem wollte auch noch der Bursche, den er etwas unsanft aus seinem Hause gesetzt, die Einwanderer gegen ihn aufhetzen, und lief von einer Gruppe zur andern, ihre Hülfe fordernd, weil er nichtswürdig behandelt sei und sich das nicht gefallen zu lassen brauche. Die Leute hatten aber heute zu viel mit sich selber zu thun; außerdem kannten sie den Gesellen schon von der Reise her und mochten sich nicht mit ihm einlassen.

Es war eine verwilderte, rohe Gestalt, der Bursche, eine Persönlichkeit, wie man sie daheim besonders in Meßbuden und herumziehenden Banden oder Menagerien trifft. Er trug einen hellblauen, fleckigen und zerrissenen Rock, schmutzige Soldatenhosen, keine Weste und auf dem Kopfe eine dunkelblaue Mütze mit einem Stück schmaler Silbertresse darum genäht. Schnurrbart und Knebelbart ließ er sich ebenfalls wachsen. Mit den blonden Haaren hatte sein Gesicht auch trotz der markirten Einschnitte etwas Jungenhaftes behalten, was durch den übergeschlagenen schmutzigen Hemdkragen noch unterstützt wurde, und man wäre veranlaßt gewesen, ihn auf den ersten Blick für einen verwahrlosten Burschen von achtzehn bis zwanzig Jahren zu halten.

Während er aber mitten auf der Straße stand und schimpfte und fluchte, saß neben ihm sein bleiches, abgehärmtes Weib, ein Kind an der Brust und ein Mädchen von etwa acht und ein Junge von zehn Jahren neben ihr stehend — ein Bild des Jammers, mit großen, hellen Thränen in den Augen.

Eine ganze Lebensgeschichte von Jammer und Leid lag in ihrem Antlitz, in der ganzen gebrochenen Gestalt — aber sie klagte nicht, kein

Wort kam über ihre Lippen. Nur das Kind beschwichtigte sie mit der einen Hand, während sie mit der andern sich das Blut von der Stirn wischte, wohin sie der Unmensch, als sie ihn gebeten hatte keinen Streit am ersten Tage anzufangen, mit roher Faust geschlagen.

Doch nicht nur solche traurige Bilder bot die Scene. Auf einem kleinen Leiterwagen, dem man nur durch eine Partie Strohschütten einige Elasticität abgewonnen und der, von ein Paar kräftigen braunen Pferden gezogen, lustig dahergerasselt kam, wurde im scharfen Trabe ein Mann und eine Frau die breite Straße entlang geschüttelt, die in die Stadt hinein führte. Der Mann sah sonnverbrannt, aber kräftig und gesund aus, und verrieth auch in seiner ganzen, einfachen aber saubern und passenden Kleidung den behäbigen Bauer. Die Frau neben ihm, die ein Kind auf dem Schooße hielt und dasselbe des bösen Stoßens wegen mehr hob, als vor sich sitzen hatte, war jedenfalls seine Frau; der forschende Blick, den aber Beide unablässig nach rechts und links sandten, verrieth, daß sie Etwas suchten, und als der Wagen den belebteren Theil der Straße erreichte, hielt der Mann sein Pferd an, und die Frau rief fast ängstlich einige der Vorübergehenden an:

„Ja, wo sind sie denn nur — wo sind sie denn hingebracht?“

„Wer?“ fragte der Angeredete.

„Nun, die mit dem neuen Schiffe gekommen sind.“

„Ja,“ lachte der Mann, „die stecken überall herum, wo man sie eben unterbringen konnte, Einer da, Einer dort.“

„Wen sucht Ihr denn?“ fragte eine Frau, die gerade des Weges kam und auch zu den neuen Einwanderern gehörte.

„Die alte Frau Mecheln aus dem Würtembergischen, aus Bellstadt,“ rief die Frau vom Wagen herunter, und griff ihrem Manne in die Zügel, weil das Pferd nicht stehen wollte.

„O, die alte Mecheln, die ist mit bei uns! — Gleich da drüben um die Ecke, wo der große Baum vor dem Hause liegt.“

„Und sie ist wohl?“

„Kerngesund, die ganze Reise gewesen.“

Der Mann hatte bei der Erwähnung des Hauses schon sein Pferd in die bezeichnete Straße eingelenkt; die Frau winkte dankend mit der Hand, fort rasselte das Geschirr, daß die Funken stoben, und hielt gleich darauf vor dem genannten Hause. Und sie brauchten hier nicht lange zu warten.

Sobald der Wagen anhielt, ging die Thür auf, und die alte Frau, die mit Schmerzen darauf gewartet hatte, daß sie Einer der Ihrigen hier erwarten solle, trat in die Thür.

„Großmutter!" schrie die Frau ihr schon vom Wagen aus entgegen — „Großmutter — wie geht's — wie geht's?"

„O, Du mein himmlischer Vater!" rief die alte Frau und hielt sich an dem Thürgeländer, an dem sie stand. Aber ihre Enkelin war schon unten bei ihr — wie sie mit dem Kinde vom Wagen gekommen, wußte sie selber nicht — mit Einem Satze war sie unten und bei der Großmutter, ließ das Kind auf die Erde niedergleiten, umfaßte die alte, zitternde Frau und schluchzte, als ob ihr das Herz brechen solle vor Nichts als Wonne und Seligkeit.

Der Mann hatte noch mit den Pferden zu thun, die nicht stehen wollten, aber ein Bekannter kam die Straße herunter, der ihm dabei half und dieselben hielt, und er stieg nun auch ab, warf erst die Stränge los, daß kein Unglück geschehen konnte, und ging dann ebenfalls langsam zur Großmutter hinüber, die er beim Kopfe nahm und herzhaft abküßte.

Dann aber faßte er die Sache auch praktisch

an, denn ein einziger Blick in den innern Raum sagte ihm schon, daß die alte Frau hier nicht länger bleiben konnte. Ohne sich deshalb weiter um etwas Anderes zu bekümmern, ging er in das Haus und ließ sich die sämmtlichen Sachen von der „Großmutter" geben, die schon alle zusammen in der einen Ecke standen, lud dieselben mit Hülfe einiger der Auswanderer auf den Wagen und nahm dann die alte Frau selber wie ein Kind auf den Arm, um sie auf den schon für sie bereiten Sitz zu tragen.

„Aber Junge, Junge," rief die Alte halb erschreckt über die gewaltsame Entführung — „meine Sachen! Alle meine Sachen stehen ja noch in der Stube."

„Schon Alles auf dem Wagen droben, Großmutter."

„Auch die blaue Kiste?"

„Da hinten steht sie."

„Und der kleine Holzkoffer?"

„Alles oben."

„Aber der Korb mit dem Tuche oben drauf, und die rothe Lade..."

„Alles da; es fehlt Nichts."

„Aber den Regenschirm seh' ich nicht."

„Den Regenschirm?" sagte der Enkel verblüfft,

denn da war wirklich Etwas, was er vergessen hatte.

„Er steht gleich neben dem Fenster in der Ecke" — aber einer der Jungen aus dem Hause war schon hineingesprungen, um das Vermißte zu holen, und kam gleich darauf im Triumph damit zurück.

„So, Großmutter," sagte der Mann, „ist nun Alles da?" Die Enkelin hatte mit dem kleinen Kinde schon neben ihr Platz genommen.

„Alles, meine Kinder — und sind wir denn jetzt wirklich in Brasilien?"

„Na, ob!" sagte der Mann, gab seinen Pferden einen kleinen Peitschenhieb, und fort rasselte der Wagen wieder, die glücklichen Menschen ihrer eigenen Heimath zuzuführen.

Gerade als das Fuhrwerk wieder die Stadt verließ, landete noch ein kleines Boot, die Capitainsjölle, worin dieser einige Kajütenpassagiere an's Land brachte. Drei oder vier andere waren schon gestern Abend mit den Zwischendeckspassagieren gelandet und gleich in den Gasthof gegangen, um dort Unterkunft zu finden. Eben dahin hatte sich aber auch eine Anzahl von Zwischendeckspassagieren gewandt, die sich in dem, ihnen von der Direction angewiesenen Raume nicht wohl fühlten und noch Geld genug bei sich führten, wenigstens die erste Zeit davon leben zu können. Waren sie dann erst einmal acht oder vierzehn Tage in der Colonie, so ließ sich mit mehr Muße eine bequemere Einrichtung treffen.

In dem letzten Boote befanden sich ein paar junge Kaufleute und ein junger Baron, ein Herr von Pulteleben, mit einer wahren Unmasse von kleinem Handgepäck, das er im Boote um sich her aufgeschichtet hatte. An der Landung konnte er aber natürlich nicht gleich Jemanden finden, der es ihm trug, und die Folge davon war, daß er, das „Hôtel" eine halbe Stunde später als die Uebrigen erreichend, keinen einzigen Platz mehr fand, keinen Platz wenigstens, wie er ihn wünschte, d. h. ein Zimmer allein, wie er auf dem Schiffe auch eine Koje für sich selber gehabt. Der junge Herr hatte übrigens Geld, und glaubte, darauf pochend, Alles durchsetzen zu können.

Der Wirth „Bodenlos", wie er von den Colonisten genannt wurde — eigentlich hieß er Bohlos — stand schon etwas halbselig in der Thür, denn er hatte es sich nicht nehmen lassen, mit all seinen neu angekommenen Gästen den sogenannten Willkommenstrunk zu leeren, und betrachtete, die Hände in den Taschen, den von zwei endlich gefundenen Lastträgern begleiteten Fremden.

„Ist dieses das Hôtel?“ fragte dieser rasch.

„Aufzuwarten,“ sagte der Wirth, und überflog mit einem lächelnden Blicke die um die Thür hergestreute Bagage; „Hôtel zum Hoffnungsanker in Santa Clara. Wollen Sie ein Bett?“

„Ich wünschte ein Zimmer — allein, wo möglich mit Cabinet — vorn heraus und im ersten Stock.“

„Kann ich mir wohl denken,“ sagte Bodenlos mit unerschütterlicher Ruhe, ohne selbst die Hände aus den Taschen zu nehmen — „das wünschen sich Mehr, können es aber eben nicht kriegen.“

„Nicht kriegen?“ sagte der junge Mann erstaunt — „ich heiße von Pulteleben.“

„Ist mir sehr angenehm, Ihre werthe Bekanntschaft zu machen,“ sagte der Wirth — „ich heiße Bohlos, Christian Bohlos; das Lumpenvolk in der Colonie nennt mich aber Bodenlos, bleibt sich indessen ganz gleich, wie wir Beide heißen.“

„Aber ich muß ein Zimmer haben,“ sagte von Pulteleben, der noch gar nicht recht wußte, was er aus dem Benehmen des Wirthes machen sollte.

„Natürlich, wenn Sie nicht unter freiem Himmel bleiben wollen,“ meinte der Wirth, — „und wenn's regnete, wäre das fatal — besonders für alle die Schachteln."

„Dann bitte ich nur, daß Sie Anstalt machen," sagte von Pulteleben, „denn es ist nicht angenehm, hier draußen zu stehen, und ich möchte mein Gepäck los sein."

„Na, das wäre das Leichteste," lachte der Wirth — „wenn Sie's nur hier eine Stunde allein draußen stehen ließen. Aber Herr von Bulleben, oder wie Sie gleich hießen, ich will Sie nicht lange hinhalten. Verlangen Sie hier ein Bett, um irgendwo mit Drei oder Vier in einem Zimmer zu schlafen, so denke ich, daß ich es möglich machen kann — ich will mir wenigstens Mühe geben, und Essen genug haben wir im Hause, aber ein Zimmer allein können Sie nicht hier bekommen, weil ich eben keins mehr habe, und andere Gäste hinaus werfen geht eben so wenig. Also damit Basta!"

„Und existirt hier kein anderes Hôtel in der Stadt?" fragte der sichtlich schon sehr Enttäuschte.

„Gegenwärtig nicht," bemerkte äußerst artig Herr Bohlos; „wenn Sie aber vielleicht noch drei oder vier Monate warten wollen, so wird sich wahrscheinlich ein Rheinbaier hier etabliren und ein Hôtel zur Belle Vue errichten; das Grundstück ist wenigstens schon dazu angekauft."

Herr von Pulteleben stand in einer wahren Verzweiflung mitten auf der Straße, denn die Ironie dieses gemeinen Menschen, des Wirthes, dem er nicht das Geringste entgegenstellen konnte, ließ ihn noch vollkommen unschlüssig, was er thun solle — erst grob werden und den Burschen dann mit Verachtung strafen, oder das Letztere lieber gleich zuerst thun.

„Sie wollen ein hübsches Zimmer, vorn heraus und mit Aussicht?" redete ihn da plötzlich eine Stimme an, nach der sich von Pulteleben überrascht umschaute. Jeremias, denn niemand Anderes war es, der vor ihm stand, sah aber auch in der That wunderlich genug aus, um Jemanden zu überraschen, der frisch aus Deutschland herüber kam und an jene exotischen Individuen noch nicht gewöhnt war, die man über ganz Amerika wild zerstreut findet.

Jeremias war, wie schon vorher einmal angedeutet, eine Art von Factotum in der Colonie. Er trieb eigentlich gar keine bestimmte Beschäftigung, sondern nahm nur da Arbeit an, wo er sie gerade bekam, so daß er oft fünf oder sechs verschiedene Herren zu gleicher Zeit, und dann wieder einmal gar keinen hatte. Dazwischen ließ er sich Wege schicken, putzte den Honoratioren Stiefel und Röcke, reinigte Gewehre und Pfeifen, und stand sogar in dem Rufe, schon hier und da Heirathen zwischen Familien vermittelt zu haben, die sonst im Leben nicht zusammengekommen wären. Jedenfalls hatte er ein ähnliches Gewerbe in Deutschland getrieben, wo zwischen Bauernfamilien und überhaupt auf dem Lande Ehen nur zu häufig auf diese Art geschlossen werden.

Jeremias ging auch demnach gekleidet, denn während der Seidenhut (Cylinder, Schraube, Angströhre, oder wie die Namen alle heißen mögen) in die höhere Gesellschaft hineinragte, stand er mit den groben, schweren nägelbeschlagenen Schuhen mitten im Proletariat, und der übrige Mensch trug außerdem nur die Kleider der übrigen Menschen — abgelegte Hosen, Westen und Röcke, wie sie ihm von den Honoratioren abfielen und meist noch alle aus Deutschland herübergekommen waren. Leider paßten sie nur nicht immer, und Jeremias schien darin eine eigene Geschicklichkeit erworben zu haben, seinen Körper allen derartigen Errungenschaften, so gut das nur möglicherweise gehen wollte, anzuschmiegen.

Heute nun fand er reichliche Beschäftigung bei

den neuen Ansiedlern, theils um Gepäck auf einem Handkarren von der Landung herauf zu schaffen, theils die verschiedenen Parten an passenden Stellen unterzubringen. Daß er seine übrigen und alten Kunden dadurch vernachlässigte, störte ihn nicht im Geringsten. Die liefen ihm nicht weg, aber Alles, was er unter der Zeit hier verdiente, war rein gewonnen.

Um aber die Arbeit rasch und leicht verrichten zu können, hatte er seinen Rock ausgezogen und ohne Weiteres in irgend ein offenes Fenster an der Straße hineingeschoben; so stand er denn jetzt vor von Pulteleben, die unten zu einem Wulst aufgekrämpelten Hosen oben mit einer grellrothen, wollenen Schärpe statt Hosenträger festgehalten, darüber eine hellblaue Seidenweste geknöpft, die der frühere Besitzer nicht mehr tragen konnte, da ihm der Kellner eines Mittags die Saucière darüber geschüttet, eine schwarze Halsbinde um den nackten Hals, denn der weiße Hemdkragen war ihm bei der scharfen Arbeit darunter vorgerutscht, und ein großes, blaubaumwollenes Taschentuch in die linke Hosentasche so weit hineingezwängt, wie es möglicherweise gehen wollte.

Jeremias schwitzte außerdem, daß ihm das Wasser ordentlich in Strömen von Stirn und

Schläfen herunter lief, und von Pulteleben lachte, trotz seiner unangenehmen Situation, doch gerade heraus, als Jeremias das blaue Taschentuch jetzt durch einen plötzlichen Ruck zu Tage brachte — wobei er die Hosentasche auch mit nach außen drehte — dann mit der rechten Hand seine brennend rothe Perrücke lüftete und sich darunter den vollkommen kahlen Kopf mit dem Tuche wischte.

„Na, Sie brauchen nicht zu lachen," sagte Jeremias; „ich wollte einmal sehen, wie Sie schwitzten, wenn Sie so ein Ding auf dem Kopfe hätten; das ist wie ein Pelz — nun, wie steht's?"

„Also Sie haben eine Stube zu vermiethen?" fragte der junge Mann, dem jetzt vor allen Dingen daran lag ein Unterkommen zu finden — in angenehmer Lage?"

„Ich nicht," meinte Jeremias, „das bleibt sich aber gleich, denn ich weiß eine, wo Sie gleich einziehen können."

„Allein?"

„Mutterseelens," sagte Jeremias lakonisch.

„Weit von hier?"

„Gar nicht."

„Aber wie bekomme ich meine Sachen dorthin?"

„Handkarren," erwiederte der kleine praktische

Bursche, sprang, ohne weiter eine Antwort abzuwarten, hinter das Haus, holte dort seinen eingeschobenen Karren vor, lud die Habseligkeiten des Fremden darauf, schnürte das Ganze mit einem Seile fest zusammen und war nach wenigen Minuten schon unterwegs, und zwar nach keinem andern Hause, als dem der Gräfin Baulen, in welchem er den Fremden ohne Weiteres einzuquartieren gedachte.

Glücklich für ihn und seinen kühn entworfenen Plan war Oskar gerade nicht zu Hause und mit Helenen auf einem Spaziergange begriffen, um die neu gekommenen Ansiedler ein wenig zu besichtigen. Als Jeremias mit dem Karren vor dem Garten hielt, saß die Frau Gräfin gerade in ihrem Zimmer und schrieb ein paar Briefe.

„Das ist aber kein Hôtel," sagte der junge Fremde, das Haus betrachtend.

„Privatwohnung," meinte Jeremias — „aber famos — charmante Leute — werden Ihnen gefallen, besonders die Tochter" — und damit rückte er sich ohne Weiteres einen der schweren Koffer auf die Schultern und schritt damit in das Haus hinein, während von Pulteleben bei seinen übrigen Sachen noch zurückblieb. Nach einer Weile kam er wieder zurück und holte den andern Koffer, und als er zum dritten Male kam, packte er dem Fremden selber ein paar Hutschachteln und ein leichtes Kistchen mit Schirm und Stock auf, ergriff dann das Uebrige und sagte:

„Nu kommen Sie, jetzt wollen wir einziehen.“

Der Fremde folgte ihm auch vollkommen ahnungslos, daß ihn der kleine Bursche hier ohne die geringste Berechtigung in ein wildfremdes Haus als Miethsmann einführe, und nur erst, als sie die erste Treppe erstiegen hatten und Jeremias voran die zweite hinaufstieg, blieb er stehen und sagte:

„Noch höher?“

„Kommen Sie nur,“ ermunterte ihn jedoch sein Führer — „famose Aussicht, wie gemalt,“ und da er ihm mit seinen Sachen voranging, blieb auch Nichts weiter übrig, als ihm zu folgen; mußte er doch überhaupt froh sein, nur ein Unterkommen zu finden. Kaum hatte er übrigens etwa zehn Stufen der zweiten Treppe erstiegen, als eine Thür im ersten Stock geöffnet wurde und die Frau Gräfin, welche den Lärm draußen gehört hatte, erstaunt auf ihrer Schwelle stehen blieb. Sie erkannte übrigens, vor dem Fremden, noch gerade den aufsteigenden Jeremias und rief:

„Nun, was ist denn das für Gepäck?“

„Alles in Ordnung!“ rief Jeremias zurück, ohne sich weiter stören oder außer Fassung bringen zu lassen.

Die Gräfin schüttelte den Kopf, doch sie konnte nicht anders glauben, als daß Oskar, der gewohnt war sehr selbstständig aufzutreten, ihr irgend einen Gast in das Haus gebracht habe, der ihr allerdings zu keiner Zeit hätte unbequemer kommen können. Gewohnt aber, sich in dessen Launen oder unbedachte Streiche zu fügen, seufzte sie nur tief auf, trat in ihr Zimmer zurück und zog die Thür hinter sich in's Schloß. Wenn Oskar übrigens nach Hause kam, wollte sie ihm tüchtig den Kopf deshalb zurecht setzen.

Der Fremde erreichte das kleine Zimmer, wo Jeremias schon seine übrigen Sachen eingestellt hatte, und sah sich hier allerdings etwas überrascht um. So freundlich das Local auch liegen mochte, denn es bot einen Ueberblick über einen Theil der Ansiedelung und nach den fernen Bergen hinüber, so fehlte ihm doch auch jede andere Bequemlichkeit. Kein Stuhl, kein Tisch, kein Bett, kein Spiegel, Nichts, Nichts war zu sehen, als die kahlen geweißten Wände, und Herr von Pulteleben rief:

„Nun, das ist ein hübsches Logis, in dem nicht

einmal ein Stuhl steht! Wohin haben Sie mich denn gebracht, Meister Ungeschickt?"

„Nur keine Ueberstürzung," sagte Jeremias, indem er den Rest der Sachen auf die beiden Koffer legte; „wir haben Zeit, und nach und nach macht sich Alles. Vorerst sind Sie einmal untergebracht, und was wollen Sie mehr?"

„Mehr?" rief von Pulteleben erstaunt — „Möbel will ich — meine Bequemlichkeit, wofür ich bezahle, und vor allen Dingen einen Waschtisch."

„Waschtisch?" sagte Jeremias — „giebt's nicht. Vor der Hand setzen wir das Waschbecken auf einen Stuhl, wenn wir erst eins haben."

Herr von Pulteleben, der anfing, sich über den Burschen zu amüsiren, lachte, und Jeremias, sich im Zimmer umsehend, fuhr fort:

„Hauptsächlich brauchen Sie einen Tisch und einen Stuhl, das ist wohl das Nothwendigste."

„Ich dächte auch," sagte der junge Mann, „um nur die bescheidensten Ansprüche zu befriedigen."

„Das denk' ich, kann ich schaffen," nickte Jeremias, „und was weiter loszueisen ist, wollen wir nachher sehen. Decken haben Sie doch bei sich?"

„Decken? Denke nicht daran; nur meinen Plaid.

Die Leute, welche ein Zimmer vermiethen, müssen doch auch ein Bett dazu haben."

„Puh!" meinte Jeremias, „reden wir nicht davon; aber ein Plaid ist für das warme Wetter genug zum Zudecken, und der Boden hier im schlimmsten Falle," fuhr er fort, indem er mit dem Hacken auf die Diele trat, „von weichem Holze — Lust und Liebe zu einem Ding machen jede Müh' und Arbeit gering."

„Den Teufel auch," rief der junge Mann erschreckt, „ich werde doch nicht sollen auf der nackten Erde schlafen?"

„Nackten Erde? Pst!" sagte Jeremias mit einem unendlich komischen und ermahnenden Gesichte — „es sind Damen im Hause!"

„Sie sind ein ganz verrückter Mensch!" lachte von Pulteleben; „aber jetzt verschaffen Sie mir wenigstens das Nöthigste. Es soll Ihr Schade nicht sein," setzte er hinzu, indem er ihm einen Milreis in die Hand drückte; „aber ich bin in Eile, ich muß mich umziehen und dem Director noch meine Aufwartung machen."

„Aufwartung?" fragte Jeremias, der mit einer dankenden Bewegung das Geld nohm, betrachtete und dann in seine Westentasche schob — „Aufwartung giebt's hier nicht — aber einerlei, wollen schon Alles besorgen," und damit verschwand er aus der Thür. Jeremias war übrigens nicht der Mann, etwas Begonnenes halb zu thun; ohne deshalb weiter bei der Besitzerin des Hauses anzufragen, ging er in Oskar's Zimmer, wo er zwei Tische wußte, nahm einen davon und trug ihn hinauf. Dann suchte er sich in Helenens Stube und Schlafzimmer zwei Stühle, und das erst einmal erobert, nahm er auch Oskar's Waschbecken und Handtuch, mit Kamm, Seife, Zahnbürste und Allem was dabei lag, und trug es seinem einquartierten Gaste zu.

„Zum Henker auch," rief Pulteleben, als er damit ankam, „das ist ja ein schon gebrauchtes Handtuch!"

„Herr Du meine Güte, sind Sie eigen!" sagte Jeremias; „ich brauche gar keins, ich nehme immer mein Schnupftuch. Was fehlt nun noch?"

„Wasser und ein reines Handtuch."

Jeremias schüttelte mit dem Kopfe, stieg aber doch noch einmal hinunter und kam bald mit dem Verlangten zurück. Nur statt des Handtuchs hatte er eine reine Serviette gebracht, die er auf Helenens Toilettetisch gefunden und ohne Weiteres als gute Beute mitgenommen.

„Und wie steht's mit dem Bette?" fragte der

Fremde, indem er den Rock auszog und die Hemdärmel in die Höhe streifte.

„Bett? giebt's nicht!" sagte Jeremias trocken, „wenigstens jetzt nicht. Sie wollen sich doch jetzt noch nicht schlafen legen?"

„Nein — aber doch den Abend."

„Gut, bis dahin wird Alles besorgt werden."

„Und kann man hier im Hause Etwas zu essen bekommen?"

„Zu essen? Hm" — sagte Jeremias, der darüber noch nicht recht mit sich im Klaren war — „danach müssen wir erst fragen. Für heute sind die Leute vielleicht noch nicht darauf eingerichtet. Aber da gehen Sie lieber in's Gasthaus zu Bodenlos — der hat's."

„Und wie heißt der Eigenthümer dieses Hauses?"

„Spenker, Bäckermeister."

„Gut, dann schicken Sie ihn mir nachher einmal herauf — ich will mich erst waschen — damit ich mit ihm reden kann. Das ist ein verwünscht öder Aufenthalt hier, und wenn er mir das nicht ein wenig behaglicher einrichten will, ziehe ich wieder aus."

„Auf die Straße?" fragte Jeremias; „denn weiter giebt's keinen Platz, Sie müßten denn vielleicht in einem von den Gärten eine Laube zu miethen bekommen." Damit aber, als ob er jetzt seine Schuldigkeit gethan habe, zog er sich zurück und drückte sich leise an dem Zimmer der Frau Gräfin vorbei, der er jetzt nicht gern begegnen mochte. Der Fremde da oben konnte nun sehen, wie er mit „der Alten" fertig wurde.

8.

Die Einquartierung.

Oskar und Helene hatten einen Spaziergang durch die kleine Stadt gemacht, um sich an dem Gewirre der frisch eingetroffenen Fremden zu amüsiren, und waren, dessen müde geworden, nach Hause zurückgekehrt.

Sobald Helene ihr Zimmer betrat, konnte ihr natürlich die daselbst vorgenommene Aenderung nicht entgehen. Die Serviette fehlte von ihrem Toilettetische und die darauf geordnet gewesenen Sachen standen wild zerstreut umher; zwei Stühle fehlten außerdem, auf die sie gewohnt gewesen war ihre Sachen abzulegen. Sie klingelte ihrem Mädchen, um zu erfahren wer in ihrem Zimmer gewesen sei. Dorothea hatte aber in der ganzen

Zeit ihre Küche nicht verlassen und konnte ihr deshalb nicht die geringste Auskunft geben.

Oskar suchte indessen sein Gemach, warf seine Mütze in eine Ecke, sich selber auf das Sopha und rauchte in dieser Lage seine Cigarre weiter, als er in dem über ihm liegenden Zimmer die schweren Schritte eines Mannes hörte. Das Haus war nur leicht gebaut, und es klang so deutlich zu ihm herunter, daß er sich endlich aufrichtete und horchte.

„Wer zum Henker ist denn da oben?" brummte er endlich leise vor sich hin — „dem Jeremias bin ich doch eben mit seinem leeren Karren in der Stadt begegnet und die Dorothea hat keinen solchen Schritt."

Er horchte noch eine Weile; da es sich aber gar nicht verkennen ließ, daß da oben jemand Fremdes sei, sprang er endlich auf und stieg die Treppe hinauf. Die Thür der sonst immer leer stehenden Kammer war offen und nur angelehnt, und neugierig, wer da oben Etwas zu thun haben könne, stieß er sie noch etwas weiter auf und sah hinein.

Herr von Pulteleben war gerade mit Waschen fertig und stand vor einem der geöffneten Fensterflügel, den er vorläufig als Spiegel benutzte, um sich die wohlgeölten Haare, so gut das eben gehen wollte, zu ordnen. Als er aber das Knarren der Thür hörte, drehte er den Kopf herum, und sah kaum den hereinschauenden Oskar, als er ausrief:

„Ah, da ist doch noch jemand Lebendiges in dem Hause. Wohnen Sie hier?“

„Guten Morgen,“ sagte Oskar, der, auf's Aeußerste erstaunt den Fremden hier zu finden, bald auf ihn, bald auf seine Koffer und Kasten starrte — „ja wohl wohne ich hier!“

„Wo ist denn nur der Lump von Aufwärter hingekommen?“

„Der Aufwärter?“ sagte Oskar, noch immer seinen Augen nicht trauend — „der Jeremias etwa?“

„Ich weiß nicht wie er heißt; er wollte ja gleich wiederkommen. Gehen Sie wieder hinunter?“

„Ich hatte die Absicht,“ erwiederte Oskar.

„O, dann sein Sie doch so gut und schicken mir ein Glas zum Zahnputzen herauf. Es ist ja noch gar Nichts eingerichtet. Das scheint eine schöne Wirthschaft hier zu sein!“

„Bitte,“ sagte Oskar, der aus seiner Verwunderung gar nicht herauskam, „geniren Sie sich nicht — mit wem habe ich denn eigentlich die Ehre?“

„von Pulteleben,“ sagte der junge Mann,

seinen Locken eben den letzten Strich gebend — „um wie viel Uhr wird hier gegessen?“

„Um ein Uhr,“ sagte Oskar, durch die Ruhe des Fremden immer mehr darin bestärkt, daß er jedenfalls ein Gast seiner Mutter sein müsse, wenn er auch keinen denkbaren Zusammenhang dazu finden konnte. Wer hätte der Fremde aber sonst sein können?

„Haben Sie eine richtig gehende Uhr?“ fragte dieser endlich weiter.

„Ja,“ erwiederte Oskar, indem er danach sah; „es wird gleich zwölf Uhr sein.“

„O, desto besser, dann kann ich vorher noch zum Director hinübergehen. Bitte, vergessen Sie nicht, mir das Glas gleich zu schicken.“

„Mit dem größten Vergnügen,“ erwiederte Oskar, drückte die Thür wieder in's Schloß, schickte das Mädchen von unten mit einem Glase hinauf und ging dann zu seiner Mutter in's Zimmer, um sich nach dem Fremden zu erkundigen.

Die Frau Gräfin schloß eben ihren letzten Brief, als Oskar das Zimmer betrat, und sah sich nach ihrem Sohne gar nicht um.

„Wer ist denn der Herr, Mama, den Du uns da oben einquartiert hast?“ fragte Oskar jetzt; „das scheint ja ein komischer Kauz zu sein!“

Die Gräfin, welche gerade eine Adresse schrieb, drehte erstaunt den Kopf über die Achsel und sagte:

„Und das fragst Du mich? Erst bringst Du mir, ohne die geringste Erlaubniß vorher einzuholen, einen wildfremden Menschen in's Haus, und dann weißt Du selber nicht einmal wer er ist? Oskar, es wird mit Dir jede Woche schlimmer, und ich fürchte, daß es so nicht mehr lange dauern kann!"

„Ich habe einen Fremden in's Haus gebracht?" rief aber Oskar jetzt seinerseits erstaunt und mit einer gewissen Genugthuung, daß er endlich einmal an einem ihm aufgebürdeten Vergehen vollkommen unschuldig sei — „ich bin mit Helenen spazieren gegangen und habe den Menschen, der da oben Toilette macht, in meinem ganzen Leben nicht gesehen."

Es war jetzt an der Gräfin, erstaunt zu sein, und sich ganz gegen Oskar drehend, rief sie aus: „Aber Helene kann ihn doch nicht eingeladen haben!"

„Helene — Unsinn! — Helene war ja den ganzen Morgen bei mir, und wir haben mit kei-Seele gesprochen, den Baron ausgenommen."

„Aber der Jeremias hat ja doch sein Gepäck

in's Haus gebracht, und sagte mir, daß Alles in Ordnung sei."

„Der Jeremias?" wiederholte Oskar, der nur immer noch verwirrter wurde.

„Und Du hast keine Ahnung, wer der Fremde ist?"

„Er sagte mir, er heiße von Pulteleben."

„Und woher?"

„Das weiß Gott — ich kenne ihn nicht, und der Jeremias — aber zum Henker noch einmal, was zerbrechen wir uns den Kopf ganz unnöthiger Weise; wir werden doch wahrhaftig den fremden Herrn, der sich so sans façon bei uns einquartiert hat, fragen dürfen wo er herkommt und was er will!" Und mit den Worten schoß er auch ohne Weiteres zur Thür hinaus und wollte eben die Treppe hinauf, als er unten Jeremias in den Vorsaal treten sah.

„Jeremias," rief er hinunter, „komm' einmal herauf — aber rasch!"

„Ich fliege schon," erwiederte dieser, der sich keineswegs dabei beeilte, denn er wußte recht gut was ihn jetzt erwartete.

Oskar stand oben an der Treppe, und so wie der Alte nur so weit heraufgekommen war, daß er ihn mit der Hand erreichen konnte, erwischte er ihn bei dem einen Ohre, und zog ihn dem Zimmer seiner Mutter zu.

„Donnerwetter, junger Herr!“ rief der Alte leise, „Sie reißen mir ja den linken Löffel aus — was ist denn das nur für ein zärtlicher Empfang?“

„Warte, Du Schlingel,“ rief Oskar, „er soll noch zärtlicher werden! Jetzt nur herein mit Dir und gebeichtet, was Du für verfluchte Streiche heute gemacht hast! Da bring’ ich ihn, Mama — jetzt auf die Kniee nieder, Halunke, und nun gestehe, was das für eine Geschichte mit dem Fremden ist!“

„Aber, so schreien Sie doch nur nicht so,“ flüsterte Jeremias, der sich nicht im Geringsten außer Fassung bringen ließ — „die ganze Stadt braucht’s doch nicht zu wissen, was wir hier mit einander reden, und der Fremde da oben hat Ohren wie ein Hirsch.“

„Wer ist der Fremde, und wo kommt er her?“ fragte die Gräfin streng.

„So lassen Sie doch nur mein Ohr los,“ bat Jeremias, „ich laufe Ihnen ja nicht mehr davon, und es stört in der Unterhaltung.“

„Wer ist der Fremde? will ich wissen,“ wiederholte die Gräfin, indem Oskar das Ohr des Alten losließ, ihm aber den Ausweg verstellte.

„Kann Ihnen nicht dienen, Frau Gräfin," antwortete achselzuckend der alte Spitzbube — „fand ihn heute auf der Straße zwischen einem ganzen Berge von Koffern und Hutschachteln, und da er kein Unterkommen finden konnte, wir dagegen Platz haben und er mir gefiel, so brachte ich ihn mit nach Hause."

„Dir gefiel, Du Galgenstrick," rief Oskar, Dir gefiel! Und was für ein Recht hast Du, fremde Gäste hier in das Haus zu führen?"

„Jetzt sein Sie einmal vernünftig," sagte Jeremias, ohne sich auch nur im Geringsten aus seiner Ruhe bringen zu lassen. „Der fremde junge Mensch ist jedenfalls ein vornehmer Herr, denn er hat ein paar ganz ausgezeichnete Lederkoffer, die ein schmähliches Geld gekostet haben müssen. Außerdem ist er aber auch reich wie Butter und wirft mit den Milreis nur so um sich."

„Aber was geht das uns an?" rief Oskar, während die Frau Gräfin vor Erstaunen noch immer nicht zu Worte kommen konnte.

„Was das Sie angeht?" wiederholte Jeremias in vollkommener Seelenruhe — „das will ich Ihnen sagen. Die Stube oben..."

„Heh, Wirthschaft!" rief es in diesem Augenblicke laut von oben herunter; „läßt sich denn Niemand blicken? Das ganze Haus ist ja wie ausgestorben — heh, hollah!"

Jeremias, der seine Rede unterbrochen hatte, wie er oben die Stimme hörte, öffnete die Thür ein Wenig, steckte den Kopf hinaus, rief laut: „Komme gleich!" und schloß sie dann wieder, wonach er, ohne eine Miene zu verziehen, ruhig fortfuhr:

„Stand doch außerdem leer und wurde nicht benutzt."

Oskar lachte gerade hinaus, denn das Ganze fing an ihm unendlich komisch vorzukommen.

„Ich möchte jetzt nur eigentlich wissen," sagte die Gräfin mit einem finstern Blick auf Oskar und Jeremias, „wer noch Herr hier im Hause ist. Sie werden jedenfalls dafür sorgen, Jeremias, daß der fremde Mensch augenblicklich unser Haus wieder verläßt und eine andere Wohnung bezieht."

„Giebt's gar nicht," sagte Jeremias ruhig; „hören Sie mich nur an. Was haben Sie denn von dem leeren Kasten da oben? Der Fremde ist ein anständiger junger Mensch, der Ihnen eine gute Miethe bezahlt, und außerdem hätte auf der Straße logiren müssen."

„Aber wer hat Ihnen denn die Erlaubniß gegeben, das zu vermitteln?“ fragte die Gräfin.

„Nur praktisch,“ meinte Jeremias, „das ist die Hauptsache. Außerdem sind Sie ja nicht mit einander verheirathet, und wenn er Ihnen nach zwei oder drei Monaten nicht mehr gefällt, können Sie ihn ja immer noch wieder ausquartieren.“

„Nach zwei oder drei Monaten?“ rief die Gräfin erstaunt.

„Oder noch später,“ meinte Jeremias trocken; aber jetzt muß ich wahrhaftig hinauf, und sehen was der junge Herr will; er wird mir sonst ganz ungeduldig und am Ende gar noch grob“ — und ohne weiter eine Antwort abzuwarten, verließ er das Zimmer und stieg die Treppe hinauf.

„Eine solche Unverschämtheit ist mir aber doch noch nicht vorgekommen,“ lachte Oskar, „und das Einfachste wird sein, ich gehe hinauf und ersuche den Herrn, seine Sachen augenblicklich wieder zusammen zu packen und das Haus zu räumen.“

„Warte noch einmal,“ sagte seine Mutter, die indessen nachdenkend am Fenster gestanden hatte, indem sie die Hand gegen ihn ausstreckte: „wie sagtest Du daß der Herr hieß?“

„Er nannte sich von Pulteleben.“

„Wie alt etwa?“

„Nun, vielleicht drei- oder vierundzwanzig Jahre.“

„Hm — und er scheint aus guter Familie? Da dürfen wir doch wenigstens nicht ungezogen gegen ihn sein, denn aller Wahrscheinlichkeit nach glaubt er sich hier in seinem vollen Rechte zu befinden, und würde schwerlich eingezogen sein, wenn er wüßte, wie sich Alles verhält.“

„Er fragte wenigstens schon ganz naiv, um welche Stunde bei uns gespeist würde,“ lachte Oskar.

Die Gräfin ging im Zimmer auf und ab und blieb endlich wieder vor ihrem Sohne stehen.

„Die Sache kann nicht so bleiben,“ sagte sie, „denn einen Miethsmann läßt man sich eben nicht mit Gewalt in das Haus bringen. Da aber der junge Fremde hier wahrscheinlich in der Colonie bleibt, so ist es auch eben so klug gehandelt, sich nicht in Unfrieden, sondern in Frieden wieder zu trennen. Gehe hinauf und lade ihn für heute Mittag ein, unser Gast zu sein — wir sind doch allein — und bei Tische mag er dann erfahren, auf welche außergewöhnliche Art er bei uns eingeführt wurde. Es bleibt ihm dann der ganze Nachmittag, sich nach einem andern Quartiere umzusehen.“

„Der Jeremias ist ein göttlicher Kerl!" sagte Oskar lachend.

„Und je eher Du den wieder fortschickst, desto besser ebenfalls," meinte seine Mutter, „denn ich bin doch nicht gesonnen, mich der Gefahr auszusetzen, von einem so eigenmächtigen Hausknecht in noch Gott weiß was für unangenehme Situationen gebracht zu werden. Mit einem so stockdummen Menschen ist außerdem gar Nichts anzufangen — ich will lieber mit einem Schurken zu thun haben, denn vor dem kann man sich in Acht nehmen."

Oskar hatte seine Zweifel, was Jeremias' Dummheit betraf, aber die Sache mit dem Fremden ging ihm im Kopfe herum, und das Zimmer verlassend, wollte er eben zu ihm hinauf, als er aus seinem Zimmer wieder den Jeremias kommen sah, der auf dem Kopfe einen Lehnstuhl, in der linken Hand dabei einen Stiefelknecht und in der rechten einen kleinen Handspiegel trug.

„Du bist doch ein ganz niederträchtiger, abgefeimter Halunke!" sagte Oskar; „wer hat Dir denn erlaubt, mein ganzes Zimmer auszuplündern?"

„Machen Sie keine Geschichten," erwiederte Jeremias, mit den Augen blinzelnd; „das ist ein prächtiger junger Mensch, und thut schon so, als ob er ganz zu Hause wäre."

Oskar, dem die Sache Spaß machte, sprang jetzt die Treppe voran hinauf. Als er die Thür öffnete, stand Herr von Pulteleben schon fertig angezogen, nur mit ein Paar glanzledernen Stiefeln in der Hand, mitten in der Stube.

„Na, kommen Sie — ah, Sie sind's — entschuldigen Sie, ich glaubte, es wäre der Strick, der Aufwärter; der bleibt eine Ewigkeit."

„Er kommt dicht hinter mir," sagte Oskar; „Herr von Pulteleben, ich soll Ihnen melden daß pünktlich um ein Uhr gegessen wird."

„So? Sehr angenehm, ich werde auf meinem Zimmer essen."

„Dazu ist die nöthige Einrichtung doch noch nicht getroffen," erwiederte Oskar; „ich habe den Auftrag, Sie zu ersuchen mit uns zu diniren."

„Hm," sagte von Pulteleben, der sich schon zu Hause vorgenommen hatte, der amerikanischen „Freiheit und Gleichheit" so viel als möglich aus dem Wege zu gehen, und nicht gleich mit sich im Klaren war, ob er vielleicht seiner künftigen Stellung in der Colonie Etwas vergeben würde, wenn er mit der „Bäckerfamilie" speiste, — „ich esse viel lieber allein."

„Dann lassen Sie sich's heute wenigstens einmal bei uns gefallen," lachte Oskar, „morgen werden Sie jedenfalls allein essen können."

„Nun gut," erwiederte von Pulteleben — „na endlich," wandte er sich dann an den eben eintretenden Jeremias, indem er ihm den Stiefelknecht abnahm und seine bestaubten Stiefel auszog — „setzen Sie den Stuhl nur dahin — aha, und auch ein kleiner Spiegel. Das muß ich gestehen, lieber Freund, auf Gäste scheinen Sie hier im Hause nicht eingerichtet zu sein. Die Unordnung ist wirklich bodenlos und die Bedienung noch schlechter. Wie heißen Sie, he?"

„Jeremias, zu Befehl," sagte dieses würdige Individuum in steifer Haltung und warf einen etwas unruhigen Blick auf Oskar hinüber, von dem er nicht wußte, wie er das Urtheil über die Wirthschaft aufnehmen würde. Dieser aber amüsirte sich vortrefflich, und während der junge Mann seine Stiefel wechselte und dann seinen Hut nahm, saß er verkehrt auf dem einen Stuhle, stützte sich mit beiden Armen auf die Lehne und sah ihm lächelnd zu. Endlich hatte von Pulteleben seine Toilette beendet, schloß seine Koffer, sah sich noch einmal im Zimmer um, ob er Nichts vergessen hätte, und sagte: „So — wenn's gefällig ist; ich möchte zuschließen."

„Aha, mit Vergnügen," rief Oskar aufspringend — „wollen Sie den Schlüssel mitnehmen oder da lassen?"

„Hm — ich werde ihn da lassen, damit das Mädchen nachher aufräumen kann — man hat doch Nichts zu befürchten?"

Jeremias sah wieder Oskar bestürzt von der Seite an, dieser aber erwiederte lächelnd: „Nicht das Geringste — aber Sie sind pünktlich?"

„Wenn ich irgend kann, gewiß."

Damit verließ er das Zimmer, wo hinaus ihm die Beiden folgten, und stieg die Treppe hinab, während Oskar zu seiner Mutter hineinsprang, um ihr Bericht abzustatten.

Gerade als von Pulteleben nach der untern Treppe zu ging, öffnete sich dort die nächste Thür, die in Helenens Zimmer führte, und die Comtesse trat heraus. Kaum aber gewahrte sie den Fremden, der sie überrascht und höflich grüßte, als sie sich mit einer halben und flüchtigen Verbeugung wieder zurückzog.

„Alle Wetter," wandte sich von Pulteleben leise zu dem dicht hinter ihm dreinkommenden

Jeremias, „das ist ja ein wunderschönes Mädchen; das war doch nicht die Bäckerstochter?“

Jeremias, ob er die Frage falsch verstanden oder absichtlich seinen Spaß daran hatte, den Fremden im Irrthume zu lassen, nickte nur, vor Vergnügen grinsend, mit dem Kopfe, und von Pulteleben stieg, mit der Entdeckung sehr zufrieden, die Stiege hinunter, um noch vor Tische seine Aufwartung bei dem Herrn Director zu machen. Er war jetzt fest entschlossen, die Stunde des Mittagessens pünktlich einzuhalten.

Arno von Pulteleben war ein lieber, guter, ehrlicher Mensch, der nur mit einem ganz unbestimmten Begriffe nach Brasilien gekommen war, wie er das Land überhaupt finden werde, und was er — wenn er es gefunden — da eigentlich wolle. Es geht einer großen Menge von Auswanderern so, die auch nur zu häufig weder wissen, was man von ihnen fordern könnte, noch was sie im Stande wären zu leisten, und die dabei nur allein in dem Namen Amerika den Inbegriff aller erfüllten Hoffnungen und Träume sehen. „Nur erst einmal in Amerika,“ sagen diese, „und das Andere findet sich Alles von selber.“ In Etwas haben sie Recht, denn es findet sich in der That;

nur freilich manchmal ganz anders, wie sie es sich gedacht hatten.

Mit einer solchen unklaren Idee war auch Herr von Pulteleben herüber gekommen. Er trat übrigens dabei mit vollkommener Sicherheit auf, denn er war sich bewußt, seinen Weg bezahlen zu können. Er hatte Geld bei sich, ein Capital von wenigstens tausend spanischen Dollars, und daß er Speculationsgeist genug besaß, dasselbe im Laufe von einigen Jahren vielleicht zu verzehnfachen, daran zweifelte er selber keinen Augenblick. Sein Grundsatz dabei war, „den Moment zu erfassen" — „frisch gewagt, ist halb gewonnen!" und wie derartige vortreffliche Sprüchwörter alle heißen. Jedenfalls hatte er volles Selbstvertrauen, und da er schon in Deutschland einmal eine Fußpartie gemacht und dabei zwei Nächte hinter einander auf der Streu geschlafen hatte, so hielt er sich auch allen Entbehrungen, die ihm hier etwa aufstoßen konnten, vollkommen gewachsen.

Herr von Pulteleben fand sich übrigens etwas überrascht, als er im Directionsgebäude seine Karte abgegeben hatte und von dem Director die Antwort zurück erhielt: „Es würde ihm sehr angenehm sein, die Ehre ein anderes Mal zu haben, heute sei er aber so ausschließlich beschäftigt, daß er keinen Besuch empfangen könne."

„Hm — angenehm," brummte er vor sich hin, als er seine weißen Glacéhandschuhe auszog, zusammenrollte, in die Tasche steckte und wieder hinaus in's Freie ging; „Herr Director Sarno scheinen verwünscht wenig Umstände zu machen, und die Artigkeit hätte doch wenigstens verlangt, daß er... aber was thut's — ich habe jetzt doch meine Schuldigkeit gethan, und wenn er nun meine Bekanntschaft zu machen wünscht, ist die Reihe an ihm."

Mit diesem beruhigenden Gefühle schlenderte er durch die Straßen der Stadt und fand eine Menge bekannter Gesichter — Leute, die mit ihm in einem und demselben Schiffe über See gekommen waren und alle Gefahren gemeinschaftlich getheilt hatten, aber — sie waren im Zwischendeck gereist, und Herr von Pulteleben in der Kajüte — eine Entfernung, die in ihrer Räumlichkeit wohl kaum zehn Schritte betragen mochte, aber doch ausreichte, beide Theile vollständig fern von einander zu halten. Man kannte sich von Ansehen, aber man grüßte sich nicht, und so unbedeutend das an sich scheinen mag, so diente es doch dazu, ein nichts weniger als freundschaftliches Gefühl zwischen beiden Theilen zu erzeugen.

Das ist nun freilich nicht zu ändern, denn Standes- und Rangunterschiede existiren einmal auf der Welt, und werden trotz aller Communisten fortbestehen, bis wir Alle unser letztes Ziel, das Grab, erreichen. Selbst unter den Thieren und Pflanzen herrschen Rang und Gewalt; es giebt sogar edle und unedle Metalle, und das Menschengeschlecht läßt sich nicht in Einen Topf werfen und darin halten. Ein Theil von ihm will seine besonderen Gesache haben — und bekommt sie auch, und der Rest muß entweder danach streben, diese ebenfalls zu gewinnen, oder — sich darein fügen.

Herr von Pulteleben hielt das auch natürlich für ganz in der Ordnung, denn daß es Kajüte und Zwischendeck geben mußte, verstand sich von selbst. Allerdings kam ihm dabei fast unwillkürlich der Gedanke, daß er zufälligerweise am Tische des Bäckermeisters mit einem Zwischendecks-Passagier zusammentreffen könne — aber das blieb doch zu unwahrscheinlich — die junge Dame, der er begegnet, sah dafür zu anständig aus, und — war ihm die Gesellschaft wirklich nicht passend, so gab es immer einen Vorwand, sich zurückzuziehen.

Als er auf seinem Spaziergange die sehr einfache Kirche passirte, zeigte die Uhr gerade zehn Minuten vor Eins, und er gerieth etwas in Verlegenheit, da er den Namen des Bäckermeisters vergessen hatte, in dessen Haus er abgestiegen.

Glücklicher Weise besaß er Ortskenntniß genug, wenigstens die Richtung behalten zu haben; es war überhaupt nicht schwer, sich in dem kleinen Orte zurecht zu finden, und mit dem Schlage Eins entdeckte er vor sich das Haus, das sich überdies vor allen in der Nachbarschaft durch den kleinen, aufgebauten Erker auszeichnete. An der Treppe empfing ihn schon Oskar, der sich das Vergnügen nicht wollte entgehen lassen, ihn einzuführen.

„Ah, Herr Baron, das ist schön daß Sie Wort halten!“ rief er ihm entgegen. „Eben wird die Suppe aufgetragen und Mutter und Schwester erwarten Sie mit Ungeduld.“

„Mutter und Schwester?“ dachte Herr von Pulteleben, „ist denn das der Sohn des Bäckers?“ Oskar sah ihm dazu eigentlich zu elegant aus, aber es blieb ihm keine lange Zeit zur Ueberlegung, und wenige Minuten später sah er sich der statt=

lichen Gestalt der Frau Gräfin und ihrer reizenden Tochter gegenüber, und schaute jetzt wirklich verlegen nach seinem Begleiter um, denn daß er sich hier in anderer als der vermutheten Gesellschaft befand, mußte er wohl fühlen.

„Mein bester Herr," sagte er zu Oskar, „ich muß dringend bitten, daß Sie mich hier vorstellen, ich — ich weiß selbst noch nicht einmal Ihren Namen."

„O, mit Vergnügen," lachte Oskar, indem er mit einer etwas förmlichen und muthwilligen Verbeugung sagte: „Herr von Pulteleben, liebe Mutter, — Herr von Pulteleben, ich habe hier die Ehre, Ihnen die Frau Gräfin Baulen und Comtesse Helene, meine Schwester, vorzustellen. Mein eigener Name ist Oskar."

„Frau Gräfin Baulen?" stammelte der junge Mann, während über Helenens Züge ein leises, spöttisches Lächeln zuckte.

Die Frau Gräfin war aber nicht gesonnen, den jungen Mann weiteren Verlegenheiten auszusetzen.

„Herr Baron," sagte sie freundlich, „Sie sind durch die Ungeschicklichkeit unseres Hausknechtes oder Dieners in die wunderliche Lage gekommen, sich in einer Familie einzuquartieren, der selbst Ihre Ankunft vollkommen fremd geblieben war."

„Gnädige Frau, ich will doch nicht hoffen!" rief Pulteleben erschreckt.

„Beruhigen Sie sich," unterbrach ihn die Gräfin, „ich weiß, daß Sie nicht die geringste Schuld tragen. Das Ganze war ein mißverstandener Diensteifer von Seiten jenes Burschen, der über eine Localität unseres Hauses verfügte, ohne auf Sie, noch auf uns Rücksicht zu nehmen."

„Aber man sollte doch kaum glauben, daß so Etwas möglich wäre!" rief von Pulteleben entsetzt, denn erst jetzt trat ihm die seltsame Situation vor Augen, in der er, als reiner Eindringling, den Damen gegenüber stand; „meine Seele konnte ja an etwas Derartiges nicht denken, oder Sie müßten überzeugt sein, daß ich ....."

„Bitte, keine Entschuldigungen weiter," lächelte die Gräfin; „Brasilien erzeugt gar sonderbare Zustände, die Sie ebenfalls noch mit der Zeit näher kennen lernen werden. Jedenfalls hat uns Jeremias, wie jener unglückliche Mensch heißt, Gelegenheit gegeben Ihre Bekanntschaft zu machen; alles Andere läßt sich nachher mit Leichtigkeit arrangiren, und nun bitte ich, daß Sie Platz nehmen, denn die Suppe wird sonst kalt."

Herr von Pulteleben befand sich noch immer in einem gemäßigten Grade von Verzweiflung, denn der Gedanke, sich bei einer solchen Familie auf eine solche Art eingeführt zu haben, trieb ihm fast die Haare zu Berge. Außerdem blieben ihm noch eine Menge Dinge unklar — die Geschichte mit dem Bäckermeister zum Beispiel, und daß ihm der junge Mensch nicht gleich einen Wink gegeben, wo er sich eigentlich befände. Sehr rasch im Denken war er außerdem nicht, und es bedurfte einer neuen Aufforderung der Gräfin, Platz zu nehmen, bis er sich so weit sammeln konnte, ihr den Arm zu bieten und sie zur Tafel zu führen.

Da sich die Gräfin aber einmal vorgenommen hatte, ihm weitere Verlegenheiten zu ersparen, so wußte sie auch bald geschickt in ein Gespräch einzulenken, das ihm seine Unbefangenheit wiedergeben konnte — ein Gespräch über die eben zurückgelegte Seereise, an dem sie ebenfalls Interesse nahm, da sie noch mit Entsetzen ihrer eigenen Fahrt und der damit verbunden gewesenen Seekrankheit gedachte.

In das Capitel eingelenkt, fühlte sich auch von Pulteleben bald wieder behaglicher, und das Einzige, was ihn noch dann und wann genirte, war der etwas sarkastische Zug um der Comtesse

Mund, wenn sie einem Blicke ihres Bruders begegnete und sein Auge gerade auf ihr ruhte — und sein Auge ruhte sehr oft auf ihr, denn von Pulteleben erinnerte sich nicht, je in seinem Leben schon ein schöneres Mädchen gesehen zu haben.

Mochte es sein daß es ihm nur so vorkam, weil er gerade durch die lange Seereise dem geselligen Umgange mit dem schönen Geschlechte hatte völlig entsagen müssen, oder fühlte er sich gerade von dieser Form der Züge besonders gefesselt, wie das ja oft im Leben der Fall ist, aber er konnte sich nicht satt an dem lieben Antlitz sehen, und eben so wenig entging Helenen selber, mit welcher Aufmerksamkeit er sie behandelte. Freilich war sie daran gewöhnt, ihren Zoll von Bewunderung überall einzuernten, aber trotzdem fühlte sie einen gewissen Grad von Genugthuung, und ihr Antlitz, das im Beginne der Tafel seine volle Strenge bewahrt hatte, wurde etwas freundlicher gegen den jungen Gast. Sie wich wenigstens Oskar's Blicken aus und schien nicht mehr gesonnen, sich über ihn lustig zu machen, ja, nahm sogar Theil an der Unterhaltung.

Dadurch gewann von Pulteleben endlich seine ganze Fassung wieder, und als das Diner, bei dem Dorothea ihr Möglichstes geleistet hatte, beendet war, wandte er sich an seine freundliche Wirthin und sagte:

„Frau Gräfin, wenn ich auch jenem unglücklichen Jeremias und meinem Schutzgeiste danke, diese mir so liebe Bekanntschaft gemacht zu haben, so fühle ich doch recht gut daß ich hier, als Ihr Gast, eine sehr unerquickliche Rolle spiele, und je eher ich der ein Ende mache, desto besser. Gestatten Sie also daß ich mich entferne, um mich nach einem andern Quartier umzusehen, und erlauben Sie mir nur — Ihre Güte hat ja meiner Unverschämtheit schon verziehen — daß ich damit nicht gezwungen bin, diese für mich so ehrenvolle und liebe Bekanntschaft ganz abzubrechen. Ich werde mich jedenfalls längere Zeit in Santa Clara aufhalten und würde Ihnen unendlich dankbar sein, wenn Sie mir wenigstens gestatten wollten, Ihnen manchmal meine Aufwartung zu machen."

„Da Sie nun einmal unser Hausgenosse geworden sind," lächelte die Gräfin, „so übereilen Sie auch wenigstens Nichts. Es wird Ihnen überdies schwer werden, für den Augenblick eine passende Wohnung in Santa Clara zu finden; bis Sie die aber gefunden haben, bitte ich Sie unser Haus als das Ihrige zu betrachten."

„Gnädige Frau Gräfin!“ rief Pulteleben erstaunt aus.

„Bitte, machen Sie keine Umstände,“ fuhr die Gräfin ruhig und freundlich fort, „wir sind hier in Brasilien, wo der Fremde nur zu häufig einzig und allein auf die Gastfreiheit der Bewohner angewiesen bleibt, und es existiren deshalb hier ganz andere Verhältnisse, wie in der alten Heimath. Außerdem sagten Sie uns vorher, daß Sie verschiedene Pläne für Ihre Zukunft hätten.“

„Allerdings,“ versicherte der junge Mann, „aber es fehlt mir da freilich noch Kenntniß des Landes, um mein Capital gleich mit Vortheil anlegen zu können, und ich sammle lieber erst Erfahrung.“

„Das ist sehr vernünftig von Ihnen gedacht,“ erwiederte die Gräfin; „wo ich Ihnen aber dabei mit Rath an die Hand gehen kann, bitte ich ganz über mich zu disponiren.“

„Sie sind zu gütig, gnädige Frau Gräfin!“

„Wir wohnen schon eine Reihe von Jahren in diesem Lande, und man ist gezwungen, die Verhältnisse genau kennen zu lernen, oft sogar gegen unsern Willen. Doch Sie wünschen jedenfalls eine Cigarre zu rauchen — Oskar, führe den Herrn in den Garten; wir kommen dann ebenfalls hinunter, um dort gemeinschaftlich Kaffee zu trinken.“

Damit standen die beiden Damen auf, grüßten freundlich und verließen das Zimmer, während Herr von Pulteleben in einem wahren Taumel von Seligkeit zurückblieb und jetzt gar nicht oft genug zu Oskar sagen konnte, wie glücklich er sich fühle diese Bekanntschaft gemacht zu haben, wenn er es auch der größten Dummheit verdanke, deren er sich in seinem ganzen Leben schuldig gemacht.

„Na nu werden Sie nicht langweilig," meinte Oskar — „Apropos, haben Sie etwa eine vernünftige Cigarre bei sich? Das Zeug, was man hier bekommt, ist kaum zu rauchen."

„Ich kann Ihnen mit einer Havannah dienen," sagte Herr von Pulteleben, erfreut dem Bruder jenes Engels nur in Etwas angenehm sein zu können.

„Das ist gescheidt," meinte Oskar — „sie sind doch nicht zu schwer?"

„Nein, sicher nicht — ich selber rauche nie schwere Cigarren."

„Gut, dann kommen Sie jetzt in den Garten, hier ist eine Hitze, nicht zum Aushalten," — und seines neuen Freundes Arm ergreifend, schlenderte er mit ihm hinab, um dort den Kaffee und die Damen zu erwarten.

Diese zögerten auch nicht lange, und hatte sich

Herr von Pulteleben schon gegen das Ende der Mahlzeit in seiner Umgebung wohl gefühlt, so entzückte ihn jetzt, im wahren Sinne des Wortes, die Natürlichkeit und Liebenswürdigkeit Helenens, die allen Zwang abgeworfen zu haben schien und nach Herzenslust lachte und plauderte.

Helene war wirklich bildschön. Es gab Zeiten, wo ihre so regelmäßigen Züge von einem düstern Ernst beschattet wurden, der ihren Augen etwas Unheimliches, ja Abstoßendes geben konnte. Ihr Mund, wenn fest geschlossen, sah dann ebenfalls, der etwas schmalen Lippen wegen, unschön aus. Wenn aber das lebendige Auge in Scherz, ja Uebermuth leuchtete, wenn ihre Zähne, die zwei Reihen aufgezogener Perlen glichen, sichtbar wurden, wenn sich das Grübchen tiefer in ihr Kinn einschnitt und das Lachen auf dem gar so lieben Antlitz spielte, wie das Sonnenlicht auf einem murmelnden Bache, dann konnte man sich wahrlich nicht satt sehen an dem Mädchen, und sie war sich auch ihres Sieges stets so sicher bewußt, daß sie mit ihrer Umgebung machte, was sie eben wollte.

Nur dann und wann verließ sie manchmal die Laube, und von Pulteleben würde noch mehr entzückt gewesen sein, wenn er gewußt hätte, daß sie gerade in dieser Zeit Anordnungen traf, sein Zimmer etwas wohnlicher einzurichten und ein Bett darin aufzustellen. Es hatte das seine Schwierigkeiten, denn die Gräfin war nur nothdürftig auf solchen Besuch eingerichtet, aber es ging doch, und ein paar rasch und geschickt improvisirte Gardinen machten das kleine Gemach noch so viel freundlicher.

Die Zeit, wo der junge Fremde mit der Frau Gräfin allein blieb, wurde dann von dieser benutzt, ihm einen kurzen Ueberblick über die hiesigen Verhältnisse zu geben, der Herrn von Pulteleben außerordentlich befriedigte. Er ersah nämlich daraus, daß in diesem Lande wirklich nur ein kleines, unbedeutendes Capital dazu gehöre, um, mit kluger Benutzung des Augenblickes, ganz erstaunliche Erfolge zu erzielen. Die Frau Gräfin wußte ihm eine Menge von Beispielen zu nennen, nach denen Leute durch kleine, aber richtige Speculationen in Stand gesetzt waren, unbedeutend begonnene Geschäfte auf das Großartigste auszudehnen, und sich dann mit einem erworbenen Vermögen nach Deutschland zurückzuziehen, um es dort in Ruhe zu verzehren.

„Sehen Sie, Frau Gräfin," rief Herr von Pulteleben, durch diese Mittheilungen zu einem vollen Grade von Aufrichtigkeit getrieben, „das ist gerade was ich will. Zu Hause haben sie mir immer vorgeworfen, daß ich unpraktisch wäre, daß ich nie im Stande sein würde, mir aus mir selber eine Carrière zu schaffen. Jetzt will ich doch einmal sehen, ob es nicht möglich ist sie Lügen zu strafen. Sie sollen erleben, mit welcher Energie ich Alles angreife, was ich unternehme. — Wenn ich nur erst wüßte was!"

„Uebereilen Sie sich darin nicht, junger Freund," sagte die Gräfin. „Es giebt zwar eine Menge von Wegen, die zum Ziele führen, aber der eine ist länger als der andere, und wenn man denn doch noch die Wahl hat, warum soll man da nicht suchen den kürzesten zu nehmen? Uebrigens sein Sie versichert, daß ich selber schon ein Wenig herumhorchen will. Sie sind uns nun einmal auf so abenteuerliche Weise zugeführt, daß ich ein gewisses Interesse daran nehme."

„Gnädige Frau Gräfin, Sie sind unendlich gütig."

„Lassen Sie das; will ich aufrichtig sein, so ist es vielleicht sogar Egoismus von mir selber; denn Sie glauben gar nicht, wie langsam die Zeit verstreicht, wenn man so gar Nichts auf der Gotteswelt zu thun hat. Eine kleine Beschäftigung, eine bestimmte Thätigkeit wird zuletzt wirklich zum Bedürfniß, und ein wenig Sorgen und Umschauen gehört mit zu unserem Leben.

„Aber durch was habe ich verdient, daß Sie sich meiner gerade so unendlich freundlich annehmen?“

„Lieber Gott, wir sind hier einmal in Brasilien, leben in Verhältnissen, die mit denen der alten Welt auch nicht die entfernteste Aehnlichkeit haben, und da gestaltet sich Manches oft rasch und wunderbar. Doch Sie werden das Alles noch viel besser kennen lernen, wenn Sie erst einmal selber längere Zeit im Lande sind.“

Oskar hatte sich bei dem Gespräch gründlich gelangweilt, denn er haßte Nichts mehr auf der Welt, als wenn von einem bestimmten Lebenszwecke die Rede war — und seine Mutter hielt ihm dieses Capitel sehr häufig vor. Dafür gönnte er es jetzt aber auch von Herzen seinem neuen Hausgenossen, und amüsirte sich die Zeit über, mit seinem Blasrohr von einem erhöhten Stand der Hecke aus nach vorbeilaufenden Hunden zu schießen. Wenn er sie traf, nahmen sie gewöhnlich den Schwanz zwischen die Beine und rannten in wilder Flucht die Straße hinab, und Oskar wollte sich dann halb todt darüber lachen.

Um das Angenehme übrigens mit dem Nützlichen zu verbinden, nahm er Herrn von Pulteleben nachher mit zu seinem Pferde hinaus, von dem er ihm schon viel erzählt und ihm auch die Ueberzeugung beigebracht hatte, daß ein Mann ohne Pferd in Brasilien gar nicht existiren könne — nicht einmal eine Frau, und da Herr von Pulteleben erfuhr, daß es früher Helenens Lieblingspferd gewesen sei, die sich jetzt einen etwas ruhigeren Grauen — der Graue war das wildeste Pferd in der Ansiedelung — angeschafft habe, kaufte es der junge Fremde zu einem, wie er glaubte, außerordentlich mäßigen Preise (Oskar hatte auch in der That höchstens hundert Procent daran verdient) und schwelgte dabei in der Hoffnung auf morgen, denn Helene hatte ihm versprochen mit ihm spazieren zu reiten.

9.

Ein Abend in der Colonie.

Das war ein Leben und Treiben heute in dem sonst so stillen Städtchen, daß man es kaum wieder erkannte, und das Wirthshaus „Zum Hoffnungsanker“ hatte, so lange der Ort stand, noch keine so guten Geschäfte gemacht. War es doch auch bis unter das Dach hinauf von Gästen angefüllt, die auf Matratzen, Decken, Stroh, oder wie es eben ging, untergebracht werden mußten, während fast alle männlichen Bewohner von Santa Clara hier ebenfalls zusammenkamen, um die Neuangekommenen zu sehen und zu sprechen, und vielleicht auch frische Nachrichten von daheim — das heißt aus ihrem Dorfe zu hören, denn was wirklich deutsche Nachrichten und besonders deutsche Politik betraf, kümmerte die Wenigsten der Colonisten.

Viele waren allerdings schon seit Jahren ausgewandert, und den politischen Verhältnissen daheim, die sie selbst an Ort und Stelle nicht verstanden, so entfremdet worden, daß sie kaum noch die geographischen Namen der verschiedenen Staaten kannten. Aber selbst erst kürzlich Herübergekommene fragten nicht nach dem, was Preußen oder Oesterreich, oder sonst ein Theil Deutschlands treibe — das war deren Sache, und sie mochten es mit einander ausmachen — sondern nur aus welcher Gegend Der und Jener sei, und ob daheim Der und Jener noch lebe, und nicht Lust habe nach Brasilien zu kommen.

Außerdem wollten sich die Leute aber auch gern einmal einen sogenannten „fidelen Abend" machen, und da der Wirth Christian Bohlos einen ziemlich geräumigen Schuppen an sein Haus gebaut und mit Dielen hatte belegen lassen, ja auch in diesem Schuppen ein hölzernes Gerüst für ein Musikcorps angebracht war, so verstand es sich von selbst, daß heute Abend ebenfalls getanzt wurde.

Das beste Musikcorps der Stadt wurde dazu bestellt — denn es gab deren zwei — und daß sich das andere darüber zurückgesetzt fühlte und erklärte, das sogenannte beste Musikcorps könne gar nicht spielen und vollführe eine wahre Heidenmusik — blieb sich gleich.

Schon mit Dunkelwerden sammelten sich die Gäste — auf acht Uhr Abends waren nach stillschweigendem Uebereinkommen die Frauen angesagt, denn die Kinder mußten erst zu Bette gebracht werden — und bis dahin gingen Flasche und Krug lustig im Kreise. — Aber nicht etwa das dünne brasilianische Bier wurde getrunken, das ein Deutscher sogar in Santa Clara braute, obgleich das besonders die Neuangekommenen mit Leidenschaft forderten, sondern vaterländischer Rheinwein bildete bei solchen Gelagen gewöhnlich das schwere Geschütz. Die langhalsigen, schlanken Originalflaschen ragten fast von allen Tischen empor, und Scharlachberger-, Brauneberger-, Markobrunner- und Hochheimer-Etiquetten gehörten zu den gewöhnlichsten Dingen.

An dem einen Tische präsidirte der „Pfarrer" des Ortes, eine breitschulterige, etwas massive Gestalt, mit hochgeröthetem Gesichte, kurzen, etwas struppigen blonden Haaren und einem wenigstens zweitägigen weißen Halskragen, aber nicht etwa in schwarzer Ordenstracht, sondern in einer grauleinenen Sommerjoppe mit Nankinghosen, und um ihn gruppirten sich einzelne Bewohner von Santa Clara — unter ihnen auch unser alter Bekannter Pilger und mehrere Colonisten aus der unmittelbaren Nähe des Städtchens, von denen dann wieder verschiedene „frische Einwanderer“ zugezogen worden, um zuerst Bericht über ihre Reise abzustatten, und dann Enthüllung über das „erhoffte Brasilien“ zu vernehmen.

An die Ecke desselben Tisches hatte sich ebenfalls der Bursche mit dem Silberband um die Mütze gedrängt, der heute schon mit dem Director Streit gehabt; ein Krug Bier und eine Portion Braten stand vor ihm. Seine Frau lag drüben im Auswanderungshause mit ihren Kindern in einer dunklen, feuchten Ecke, und theilte mit ihnen das kärgliche Mahl, das sie sich von geliefertem Mehle selber hatte bereiten müssen.

Die übrigen Tische waren eben so dicht gedrängt mit Gästen, und Bohlos' Frau und ein paar Mägde konnten sich kaum in dem überfüllten Raume Bahn machen, um die verlangten und oft stürmisch geforderten Speisen und Getränke auszutheilen.

„Na, hier lebt sich's aber doch besser als an Bord von dem Schiffe, das muß wahr sein, wenn ich auch gerade nicht über die Kost auf dem Schiffe klagen will," sagte einer der Zwischendeckspassagiere.

„Saufressen," kaute der Mann mit dem Tressenstreifen mit vollem Munde; „bei uns kriegen's die Schweine besser, wie sie's uns für unser schweres Geld auf dem Schiff gegeben haben."

„Vielleicht sind Sie's zu Hause besser gewöhnt gewesen," meinte einer der jungen Kaufleute, ein Kajütenpassagier, der sich aber hier schon in brasilianische Gleichheit hinein zu finden suchte, indem er seinen, ihm unangenehmen Nachbar von der Seite ansah.

„Bin ich auch," knurrte der Mann — „ja, Sie, die Kajütenpassagiere, haben hineingestopft gekriegt, was nur eben hinein ging, aber uns haben sie behandelt wie die Hunde — und noch schlechter."

„Na, ich weiß nicht," sagte der Erste wieder, „ich bin doch auch im Zwischendeck gefahren, habe aber Nichts davon gemerkt. Daß man's auf dem Schiff nicht so gut bekommen kann wie daheim, na ja, das haben wir freilich schon zu Hause gewußt, und dafür ist's eben eine Seereise. Außerdem habt Ihr, so viel ich weiß, nicht einmal

Passage bezahlt, sondern Eure Gemeinde daheim hat's zusammengeschossen."

„Das geht Keinem 'was an," sagte der Bursche mit einem finstern Blicke nach dem Sprecher — „bezahlt ist's doch, ohne daß Ihr dazu die Hand in den Sack gesteckt."

Die Uebrigen schwiegen, denn der Mann hatte nicht genug Einnehmendes in seinem Wesen, sich mit ihm in ein längeres Gespräch einzulassen. Freilich war hier offener Wirthstisch, und man konnte ihm auch nicht gut verwehren, sich der Unterhaltung anzuschließen, so lange er eben nicht selber fühlte, daß er da nicht hinein passe.

Oben am Tische wechselte das Gespräch jetzt wieder auf die Verhältnisse in der Colonie, und die Klagen über die Regierung waren allgemein, daß nie Land vorräthig vermessen sei, wenn einmal Colonisten eintrafen. Die Neuangekommenen wollten das dem Director zuschieben, und der „Pfarrer" gab ihnen Recht. Da stäk' es, denn das sei ein hochmüthiger Patron, der sich den Henker um den armen Mann scheere. Dagegen sprachen aber, und zwar mit Eifer, mehrere der Colonisten selber und vertheidigten den Director.

„Was kann er denn machen, wenn ihn der Präsident im Stiche läßt? Das ist die vorgesetzte

Behörde, und an die muß er sich wenden, und für den gemeinen Mann thut gerade er mehr, denn irgend Einer vor ihm. Und wie hat er jetzt wieder gearbeitet, um die Leute alle unterzubringen!"

„Ein Lump ist's," rief der mit der Tresse, seine Faust auf den Tisch schlagend, daß sich Alle erstaunt nach ihm umsahen — „ein nichtsnutziger, grober Lump, und das hab' ich ihm heute in's Gesicht gesagt, und will es ihm morgen auch noch einmal hinein sagen."

„Was ist denn der Mann da schuldig, Bodenlos?" fragte Pilger laut, als der Wirth gerade an ihm vorüberging.

„Wer?" fragte Bohlos, sich am Tische umsehend.

„Der mit der hübschen blauen Mütze."

„Na," sagte der also Bezeichnete erstaunt aufstehend — „wem geht denn das wieder 'was an, was ich schuldig bin?"

„Der Tisch hier bezahlt's," sagte Pilger, ohne von dem Einwurfe Notiz zu nehmen — „wie viel macht's?"

„Portion Braten und vier Glas Bier," sagte Bohlos — „wollen's gerade einen Milreis rechnen, es macht eigentlich noch zwanzig Reis mehr."

„Sehr schön,“ sagte Pilger, „und jetzt, guter Freund, thut uns einmal den Gefallen und macht die Thür von außen zu. Verstanden?“

„Ob ich sie zumachen oder auflassen will, geht Keinem einen Quark an! rief der Bursche, rückte sich die Mütze auf das eine Ohr, und sah den Redenden mit wüthenden Blicken an.

„Wollt Ihr Vernunft annehmen?“ fragte Pilger ruhig, indem er langsam von seinem Stuhle aufstand — „oder soll ich Euch…“

„Ach, laßt den Lump zufrieden, Pilger!“ riefen ein paar Andere — „fangt keinen Streit an.“

„Streit?“ sagte Pilger vollkommen kaltblütig — „fällt mir gar nicht ein, aber sollen wir uns etwa von so einem Burschen, wie der da, den ganzen Abend verderben lassen? Entweder der Gesell geht, Bodenlos, oder ich gehe.“

„Ach, seid vernünftig,“ sagte der Wirth beruhigend.

„Nein, er hat Recht!“ riefen nun auch die früheren Mitpassagiere des Burschen; „auf der ganzen Reise hat er Nichts wie Skandal und Streit gehabt, und seine arme Frau dabei mißhandelt, daß es eine Schande war.“

„Ihr Lumpenhunde wollt auch wohl noch mit drein reden?“ rief der mit der Mütze, und fuhr von seinem Sitze auf, aber Pilger hatte ihn schon am Kragen und hob ihn mit riesiger Kraft vom Boden; drei oder vier Andere faßten ihn zugleich an Armen und Beinen, und keine Minute später fand er sich ziemlich unsanft hinaus auf die Straße gesetzt. Kaum aber hatten die Männer ihre Sitze wieder eingenommen, als ein ziemlich faustgroßer Stein durch das eine Fenster klirrend hereinschmetterte und glücklicherweise gegen die nächste Stuhllehne traf, sonst hätte er Schaden anrichten können. Fünf oder sechs junge Burschen flogen jetzt hinaus, um den Frevler abzustrafen, aber der Passagier hatte es doch für gerathen gefunden, etwas Derartiges nicht abzuwarten, und war verschwunden.

Indessen rückte die Zeit vor — es war acht Uhr, und die „Damen" kamen zum Balle. Es waren meist Frauen und Töchter von Bauern und Handwerkern, aber viele der letzteren selbst in Brasilien geboren und großgezogen, wo sie dann, mit Kindern der eingeborenen Brasilianer aufwachsend, auch den Schnitt von deren Kleidung, wie eine freiere Haltung angenommen hatten — und reizende Gestalten gab es unter ihnen.

Hier und da kam freilich noch ein echt deutsches Bauernmädchen, die rothe Kattunschürze hoch in der Taille umgebunden, das riesige weiße Taschentuch in der sonnverbrannten, arbeitsharten Hand schlenkernd und mit der eigenthümlich schaufelnden Bewegung im Gange.. Junge Mädchen mit weißen Kleidern und Rosabändern dazwischen, mit Füßen, die einem Grenadier zur festen Basis hätten dienen können, und eine Handvoll künstliche, arg zerdrückte Blumen geschmacklos auf den Kopf gebunden. Aber auch leichte und selbst zarte Figuren mischten sich dazwischen, junge Mädchen aus irgend einer kleinen Stadt, die jedenfalls verstanden sich geschmackvoll zu kleiden, und eine buntere Mischung des „schönen Geschlechts" konnte in keinem Lande der Welt aufgetrieben werden.

Und wer war der Ceremonienmeister, der Arrangirende und Ordnende dieses ganzen Balles? Wer stellte, als die Musik endlich begann, die Contretänze? Wer klatschte in die Hände wenn die ersten Paare antanzen, wer klatschte wieder, wenn sie wechseln sollten? Wer drückte sich dann in einem ruhigen Moment in eine Ecke, um mit einem oder dem anderen Nachbar, nur im Vorbeigehen, ein Glas Wein oder Punsch zu trinken, und war im Nu wieder bei der Hand und mitten im Saale, sobald nur die geringste Unordnung zu drohen schien? Wer anders als Jeremias, der sich aber so entpuppt hatte, daß man ihn heute Abend wirklich nur an der rothen Perrücke wiedererkannte.

Wer den Jeremias heute in Hemdsärmeln gesehen hatte, wie er im Schweiße seines Angesichts, den Karren hinter sich, durch die Straßen keuchte, und wer ihn jetzt sah, wie er im Glanze von wenigstens achtzehn Talglichtern mit blechernen Reflectoren, à quatre épingles gekleidet, durch den Saal hüpfte, würde eine solche Veränderung, ohne den Mann genauer zu kennen, nicht für möglich gehalten haben, und doch war es eine und dieselbe Persönlichkeit.

Es läßt sich nicht läugnen, weder der hellblaue Frack mit den blanken Knöpfen, noch die weißen Hosen, noch die lichten, schon etwas schmutzigen Glacéhandschuhe waren je für ihn gemacht, und die beiden ersteren gerade um das zu weit, was die letzteren zu eng schienen. Aber er zeigte doch, wie der Pfarrer meinte, „den guten Willen", und einen aufmerksameren und den Formen strenger genügenden Tanzmeister wie ihn gab es nicht auf der weiten Welt, viel weniger denn in Brasilien.

Jeremias war in der That überall, und hatte er heute über Tag bei seinem Karren geschwitzt, so überstieg seine Transpiration gegenwärtig alle

Gränzen. Er troff förmlich, und das helle Wasser lief ihm unter der brennend rothen Perrücke in kleinen Bächen nieder.

Eigentlich hatte Jeremias ursprünglich gar kein rothes Haar gehabt, und das kleine Stückchen Backenbart, das ihm noch jetzt vor beiden Ohren stand, war sogar von pechschwarzer Farbe. Als ihm aber damals, nach einer Art Nervenfieber, und kurz vorher, ehe er Deutschland verließ, sämmtliche Haare ausgingen, forderte der Friseur für eine schwarze Perrücke eine seine Kräfte übersteigende Summe, und da er die rothe Perrücke — der Träger war darunter weggestorben — aus zweiter Hand billig erstehen konnte, entschloß er sich kurz und wechselte die Farbe. Jetzt war er nun so an die rothe Perrücke gewöhnt, daß er eine andere, schwarze nicht mehr umsonst genommen hätte.

Uebrigens war Jeremias in der ganzen kleinen Stadt als ein fleißiger, nüchterner Arbeiter beliebt, und seiner oft drolligen Antworten wegen fast in jedem Hause gern gesehen. Weil er aber fleißig arbeitete, verdiente er auch ganz hübsches Geld, und nur, was er mit dem Verdienten machte, erfuhr kein Mensch. Verzehren konnte er es nicht, da er außerordentlich mäßig lebte, und nie auch nur einen halben Milreis vergeudete, aber trotzdem hatte er noch Keinem Geld zum Aufheben gegeben. Er kaufte auch kein Land oder Vieh, und von Staatspapieren wußte er außerdem Nichts. Allerdings hatte sich das Gerücht verbreitet, daß er sein Geld heimlich im Walde vergraben und schon einen ganzen Sack voll Milreis irgendwo eingescharrt habe. Gewißheit bekam aber Niemand darüber, und Jeremias war viel zu schlau, Andere das wissen zu lassen, was sie eben nicht zu wissen brauchten.

So gutmüthig Jeremias aber auch im Ganzen sein mochte, und so dienstwillig und gefällig er sich gegen Jedermann in seiner Arbeitszeit zeigte, so unumschränkt regierte er hier, und der geringste Verstoß gegen die Tanzordnung wurde auf das Unerbittlichste geahndet. Ein Schneider aus Santa Clara ärgerte ihn besonders, und man erzählte sich, die Feindschaft zwischen den Beiden schreibe sich daher, daß Jeremias eine Heirath des Schneiders, den er als einen liederlichen Schlingel kannte, hintertrieben habe. Das Mädchen war braver Bauersleute Kind, und Jeremias kannte den Bräutigam, der aus seinem Orte stammte, schon von Deutschland her. Daheim hatte dieser aber ein anderes Mädchen sitzen, dem er die Ehe versprochen, und das auf ihn wartete, und als die Bauernfamilie das hier erfuhr, wurde dem Werber das Haus verboten.

Ob Jeremias ihnen das wirklich mitgetheilt, war nicht ganz bestimmt, jedenfalls hieß es so, und der Schneider haßte ihn seitdem wie seinen Todfeind, ohne daß sich Jeremias deshalb die geringste Sorge gemacht hätte. Heute nun, wo Jener etwas mehr als gewöhnlich getrunken haben mochte, suchte er ein paar Mal Streit mit dem kleinen Ceremonienmeister, und als dieser ihn eben so oft derb abfertigte, wußte er sich auf andere Weise zu rächen. Jeremias hatte gerade wieder in der einen Ecke einen Schluck Punsch mit dem jungen Handlungsdiener getrunken, als er auf der andern Seite des Saales eine Unordnung entdeckte. Wie der Blitz sprang er auf und dorthin; unglücklicherweise mußte er aber an dem Schneider dicht vorbei, der rasch sein Bein vorhielt, und Jeremias, darin hangen bleibend, schoß, so lang er war, mitten in den Saal.

Dem böswilligen Schneider bekam das aber schlecht. Zu viele Leute waren Zeuge gewesen, und ehe sich Jeremias nur wieder vom Boden aufraffen konnte, hatten sie den Schneider gepackt, machten ein Fenster auf und warfen den sich aus

Leibeskräften dagegen Sträubenden hinaus in die Büsche.

Uebrigens war es eine so allgewöhnliche Begebenheit, daß bei einem deutschen Balle auch zwei oder drei Personen zu Thür oder Fenster hinausgeworfen wurden, daß Niemand weiter darauf achtete. Der Tanz ging ruhig fort, und Jeremias, der mit einer wahren Federkraft vom Boden emporschnellte, sah kaum den Schneider beseitigt, als er auch augenblicklich wieder in den Tact der Musik einfiel, und nur im Herüber- und Hinüberhüpfen noch den Staub von seinem Fracke zu entfernen suchte. Leider war kurz vorher gesprengt worden, und die weißen Hosen hatten dadurch etwas fleckige Vordertheile bekommen, aber Jeremias selber sah es nicht und Niemand achtete weiter darauf.

Pilger war auch aus dem Gastzimmer herübergekommen, um seine Frau zu suchen, die versprochen hatte bei dem Balle zu erscheinen, aber sie fehlte noch, und etwa eine halbe Stunde später ging er nach Hause, um sie abzuholen.

Er mochte vielleicht eine Viertelstunde fort gewesen sein, als er mit etwas verstörtem Gesichte wieder zurückkam und seine Blicke unruhig im Saal umherschweifen ließ — dann verschwand er wieder, ohne daß natürlich irgend Jemand auf ihn achtete, um bald darauf wieder zurückzukehren, wo er den bei einer Partie Skat sitzenden Pfarrer aufsuchte und zu sich hinausrief.

„Nun,“ sagte dieser, der eben nicht gern von seiner Partie aufgestanden war, indem er ihm vor die Thür folgte, „was haben Sie denn, Sie schneiden ja ein Gesicht, als ob es bei Ihnen brennte?“

„Meine Frau ist fort,“ flüsterte Pilger mit heiserer, von innerer Aufregung fast unhörbarer Stimme.

„Ihre Frau ist fort?“ sagte der Geistliche erstaunt — „wohin?“

„Ich weiß es nicht,“ stöhnte der Mann — „sie ist nicht hier beim Tanze, sie ist nicht zu Hause und doch vor etwa einer halben Stunde mit einem Bündel in der Hand fortgegangen.“

„Na ja, das wäre nicht übel,“ schüttelte der Herr Pfarrer mit dem Kopfe — er hatte drin ein Eichelsolo auf dem Tische liegen, und die Sache kam ihm sehr unbequem — „aber wohin **kann** sie denn hier?“

„Da steckt der Schuft, der Bleifuß dahinter,“ knirschte der Mann zwischen den zusammengebissenen Zähnen durch; „aber wenn ich die Gewißheit kriegte, dann gnade ihm Gott!"

„Hm," sagte der Pfarrer, welcher die deshalb umlaufenden Gerüchte schon lange gehört hatte und kannte — „und haben Sie keine Ahnung, wohin sie sich gewandt haben könnte?"

„Keine," ächzte Pilger; „aber was um Gottes Willen kann ich thun, um sie wieder zu bekommen?"

„Heute Abend gar Nichts," sagte der Pfarrer; „es ist stockdunkel, und aus dem Tanzsaal bringen Sie Keinen fort — noch dazu, wenn Sie nicht einmal eine bestimmte Richtung angeben können."

„O, Du großer, allmächtiger Gott!" stöhnte der Mann und preßte die fest zusammengeschlagenen Hände gegen seine Stirn.

„Machen Sie sich keine Sorgen," sagte der Geistliche, „wenn die Frau Sie auf so leichtsinnige Weise verlassen konnte, so haben Sie auch Nichts an ihr verloren, und den Mosje, den Bleifuß, wollen wir schon kriegen, wenn der wirklich dahinter steckt. Der muß blechen, daß es ihm blau und braun vor den Augen wird."

„Meine Grethe — meine Grethe!" hauchte der arme Teufel; „daß sie mir die Schande anthun konnte!"

„Es läßt sich heute Nichts mehr machen,“ versicherte der Pfarrer — er konnte seinen Eichelsolo nicht länger im Stiche lassen — „gehen Sie ruhig nach Hause — morgen früh komme ich zu Ihnen und da besprechen wir das Weitere“ —, und ohne eine Antwort abzuwarten, klopfte er dem Unglücklichen auf die Schulter und ging wieder in das Zimmer zurück an seinen Spieltisch.

Pilger stand noch eine Weile wie vernichtet in der offenen Thür, dann aber lief er noch einmal zurück zu seinem Haus, und als er die Verlorene auch jetzt noch nicht fand, wieder hinaus in die Nacht hinein — er wußte ja selber nicht, wohin.

Unten an der Landung, etwa zweihundert Schritte tiefer als die Boote gewöhnlich lagen, hatte ein kleines Fahrzeug im Schutze dichter Büsche angelegt, und gleich nach Sonnenuntergang waren schon verschiedene Blechkoffer und Kisten hineingeschafft. Vier portugiesische Ruderer, die zu einem der weiter unten ankernden Schooner gehörten, lagen auf ihren Riemen und warteten auf ein verabredetes Zeichen, um den Bug des Bootes, das jetzt ein Stück draußen im Strom ankerte, dicht zum Lande zu schieben. Jetzt pfiff es viermal rasch hintereinander, und während sich das schmale Fahrzeug noch tiefer in die Büsche hineinschob, eilten ein Mann und eine Frau den schräg ablaufenden Hang hinab, gerade auf die Stelle zu, wo dasselbe verborgen lag.

Der Mann hielt ein größeres Paket im Arme und konnte nicht so rasch von der Stelle, weil er, seiner Bequemlichkeit wegen, Pantoffeln trug. Die Frau führte ein kleines Bündel bei sich und war ihm immer um einige Schritte voraus, bis sie den Wasserrand erreichte. Hier hielt sie plötzlich und wie erschreckt an und flüsterte:

„O, Du mein lieber himmlischer Vater, was will ich thun, was will ich thun!“

„Hier sind wir an Ort und Stelle,“ sagte der Mann, der sie hier einholte, in portugiesischer Sprache, aber mit unterdrückter Stimme, „nur rasch, meine Geliebte, daß uns die Tölpel nicht doch noch am Ende auf die Spur kommen.“

„O, mein armer Mann, und er ist immer so gut und rechtschaffen, und i c h...“

Während sie klagte, hatte der Portugiese schon sein Bündel in das Boot gegeben und der Frau das ihrige ebenfalls abgenommen und einem Matrosen gereicht. Jetzt legte er leise seinen Arm um ihre Taille und schob sie sanft rückwärts.

„Kommen Sie, Margarita, kommen Sie, wir

versäumen sonst die günstige Zeit über die Barre — dort hinten höre ich auch Leute. Denken Sie, wenn man Sie hier fände — mit mir!"

Die Frau schreckte empor. Etwa hundert Schritte weiter oben führte ein Weg vorbei, auf dem zwei Männer gingen, die sich laut mit einander unterhielten. Die Frau glaubte die Stimme des Einen zu erkennen und wich scheu mehr in die Büsche hinein. Dort lag die Planke — einer der Matrosen ergriff ihre Hand, und keine halbe Minute später glitt das Boot in die dunkle Strömung hinaus und mit dieser abwärts.

Am Ufer herauf kam eine einzelne Gestalt, die horchend stehen blieb, als sie das Knarren der Ruder in den Blöcken hörte, das nur so viel deutlicher durch die Stille der Nacht drang. Erkennen ließ sich freilich Nichts von dort, wie nur vielleicht der dunkle Schatten des Bootes selber.

„Grethe," rief da eine leise, klagende Stimme in den Strom hinaus — „Grethe — bist Du dort?"

Keine Antwort erfolgte; blitzesschnell trieben die Ruder das Boot vorwärts, das wenige Minuten später um eine ablaufende Biegung des Flusses verschwand. —

Bei dem Director, in der kleinen Oberstube,

saß Könnern, und Beide waren, Jeder mit einem Lichte vor sich, beschäftigt zu lesen. Der Director wühlte in einer Anzahl von Briefschaften, während Könnern ein Packet Zeitungen durchblätterte, die der Capitain des Schiffes mitgebracht hatte. Die Haushälterin brachte gerade den Thee herein, denn die Abende waren frisch genug, um eine warme Tasse Thee recht gut vertragen zu können.

„Na, da hört Alles auf!“ sagte der Director plötzlich, und sah über einen eben geöffneten Brief nach Könnern hinüber.

„Nun,“ fragte dieser, dem Blicke begegnend — „irgend eine unangenehme Nachricht?“

„Unangenehm gerade nicht,“ lautete die Antwort, „aber gerade zu der unpassendsten Zeit in der Welt erhalten. Der Delegado, jener Portugiese, den wir an der Schule trafen, zeigt mir eben an, daß er von der Regierung auf unbestimmte Zeit Urlaub erhalten habe und mir hiermit in seiner Abwesenheit die laufenden Geschäfte übertrage. Die ganze lange Zeit hat der Herr Nichts auf der Gotteswelt zu thun gehabt, weil ich die kleinen Streitigkeiten zwischen den Colonisten immer selber schlichtete, ja, eher noch selber Ursache zu Zank und Unfrieden in verschiedenen Familien gegeben, und jetzt, wo wir eine ganze

Schaar durch die Seereise halb verwilderter Menschen bekommen, die außerdem noch untergebracht werden sollen, will er sich von jeder Arbeit drücken. Das geht nun einmal unter keiner Bedingung an, und wenigstens muß er noch die nächste Woche da bleiben. Ich habe überdies Scheererei genug — kommen Sie, trinken Sie eine Tasse Thee — da drüben steht der Rum — helfen Sie sich selber."

Könnern schob die Zeitungen und Papiere bei Seite, um freien Raum zu bekommen. Eine kleine, zierliche Visitenkarte fiel heraus und auf den Tisch.

„Hallo," lachte er, „die Dinger gehören doch hier wohl eigentlich zu den exotischen Gewächsen. Wie heißt denn der Herr? Arno von Pulteleben — den Namen kenn' ich nicht."

„Irgend wieder ein junger Adeliger," sagte der Director, sich Rum zu seinem Thee gießend, „der mit den Diamantgruben Brasiliens im Kopfe herüber kommt, sich hier eine Zeit lang herum treibt und über Alles schimpft, bis sein mitgebrachtes Geld verzehrt ist, und dann, empört über die traurigen Verhältnisse des Landes, nach Deutschland zurückkehrt, für das er Märchenstoff in Masse gesammelt hat. Er wollte mich heute besuchen, aber wie ich nur den schwarzen Frack, Seidenhut und die weißen Glacéhandschuhe durch's

Fenster sah, hatte ich schon übrig genug und — ließ mir die Ehre auf ein anderes Mal ausbitten."

„Wo mag er denn nur Quartier gefunden haben?" sagte Könnern, „die Häuser sind ja fast alle überfüllt."

„Gott weiß es," sagte der Director gleichgültig, „vielleicht doch noch im Hotel, denn Bohlos macht oft das Unglaubliche möglich. Ueberhaupt, lieber Könnern, glauben Sie gar nicht, was sich in einer solchen Colonie wie die unsere oft für wunderliche Subjecte und Charaktere ansammeln, und man könnte sie sich oft nicht besser assortirt für ein Naturalien-Cabinet zum Ausstopfen aussuchen. Aus allen Schichten der Gesellschaft bekommen wir die Proben, und der hohe Adel, wie Künstler und Gelehrte liefern jederzeit die werthvollsten Exemplare. Unseren Baron haben Sie schon gesehen, die Gräfin werden Sie jedenfalls noch kennen lernen; außerdem treibt sich hier auch ein ganz tüchtiger Künstler herum, ein Mann, der wahrscheinlich in Deutschland seiner Kunst Ehre machen könnte, und hier gerade so viel damit ausrichten wird, wie ein Holzhacker in den Pampas, oder ein Ackerbauer in den Schneebergen."

„Ist es ein Maler?" fragte Könnern.

„Nein," lachte Sarno, „Sie brauchen keinen

Concurrenten zu fürchten — nur ein Clavierspieler. Aber auch ein anderer Musiker macht die Gegend unsicher, aus dem ich aber noch nicht recht klug geworden bin. Er nennt sich Randolph und scheint mir ein excentrischer Kopf, wie alle derartigen Künstler..."

In dem Augenblicke wurde draußen an die Thür geklopft und die alte Haushälterin meldete gleich darauf: Der Schuhmacher Pilger wünsche den Herrn einen Augenblick zu sprechen.

„Ach," sagte der Director, unzufrieden mit dem Kopfe schüttelnd, „immer wieder die alte Geschichte, aber ich kann ihm jetzt gute Nachricht geben, denn er wird seinen Quälgeist wenigstens auf einige Zeit los. Lassen Sie ihn nur herein kommen."

Pilger betrat gleich darauf das Zimmer. Er hielt den Hut in der Hand, sah aber todtenbleich aus und der Schweiß stand ihm in großen Tropfen auf der Stirn.

„Guten Abend, Herr Director!" stöhnte er, ohne auf den noch im Zimmer befindlichen Fremden weiter zu achten.

„Guten Abend, Pilger! Um Gottes Willen, wie seht Ihr denn aus, Mann? Was ist denn vorgefallen?"

„Meine Frau ist mir davon gelaufen, Herr

Director," sagte der arme Teufel, und man sah es ihm an, wie er sich nur mit äußerster Gewalt zwang, seine Fassung zu bewahren.

„Eure Frau? Wann?!" rief der Director erschreckt und ein eigener Verdacht schoß ihm durch den Kopf.

„Heute Abend — vor einer Stunde etwa, vielleicht noch nicht so lange. Sie wollte auf den Ball kommen und hat das Haus verlassen, ist aber jetzt nirgends mehr zu finden."

„Aber, bester Freund, wenn Ihr sie erst so kurze Zeit vermißt, kann sie ja auch zu einer Freundin gegangen sein, um die abzuholen."

„Nein," sagte der Mann ruhig, „sie hat ein Bündel mitgenommen und ist nach dem Flusse gegangen. Ich sprach Jemanden, der ihr begegnet ist."

„Und habt Ihr keinen Verdacht, wer dabei die Hand im Spiele haben könnte?" fragte der Director.

„Verdacht? Nein," sagte Pilger mit fest zusammengebissenen Zähnen, „aber die Gewißheit, daß es jener gottverfluchte Bleifuß, der Delegado, gewesen ist. Es giebt jetzt nur noch eine Möglichkeit," fuhr er fort, während der Director leise vor sich hin mit dem Kopfe nickte, „daß die Flucht nach dem Flusse zu vielleicht nur zum Schein war und meine Grethe jetzt ruhig drüben im Hause des Delegado versteckt ist. Allerdings fuhr vor etwa einer Viertelstunde ein Boot stromabwärts, aber ich kann mir nicht denken, daß der Portugiese die Frau allein fortschicken wird, und deshalb komme ich her, Herr Director, und wollte Sie bitten, das Haus des Portugiesen augenblicklich durchsuchen zu lassen. Finden wir dort nichts, dann muß sie den Strom hinunter sein, und ich glaube, ich weiß ein Haus, wo sie sich möglicher Weise verborgen halten könnte."

„Wart Ihr schon am Hause des Delegado?"

„Ja — es ist Alles stockfinster drin, aber das bedeutet nichts."

„Wißt Ihr, daß der Delegado Urlaub von der Regierung und mir heute Abend schriftlich angezeigt hat, ich solle sein Amt hier für ihn versehen?"

Der Mann schlug entsetzt die Hände zusammen.

„Dann ist's auch richtig," stöhnte er — „dann ist er fort und sie waren in dem Boote, das ich gesehen habe. Wollen Sie mir helfen, Herr Director?"

„Von Herzen gern, Pilger, aber wie?"

„Erst gehen wir jetzt zu seinem Hause und

sehen ob er fort ist, und finden wir das bestätigt, dann bitte ich Sie um weiter Nichts, als Ihr Boot — Leute schaff' ich schon herbei."

„Aber keine Gewaltthätigkeit, Pilger!" warnte der Director; „Ihr macht die Sache dadurch nur noch schlimmer."

„Ueberlassen Sie das mir, Herr Director. Ich habe den Eltern meiner Frau, braven, ordentlichen Leuten daheim, versprochen, über dieselbe zu wachen wie über meine Augen; ich darf die unglückliche Frau nicht den Händen dieses Buben überlassen, und darin werden mich doch hoffentlich die Gesetze schützen."

„Das allerdings," sagte Sarno, von seinem Stuhle aufspringend — „und dann wollen wir auch keine weitere Zeit mehr versäumen — kommt!"

Er griff seinen Hut auf, und von Könnern begleitet, gingen die Männer rasch nach dem Hause des Delegado hinüber. Es war aber hier, wie es Sarno gefürchtet hatte, sie fanden das Haus nicht allein fest verschlossen, sondern auch leer. Dicht daneben wohnte ein deutscher Cigarrenmacher, der einen kleinen Stand nach der Straße zu hatte. Dieser konnte ihnen wenigstens die Nachricht geben, daß gleich nach Dunkelwerden mehrere brasilianische Matrosen Kisten und Koffer aus dem Hause die Straße hinab getragen hätten. Weiter wußte er ebenfalls nichts, denn den Delegado hatte er mit keinem Auge gesehen.

„Dann bleibt mir Nichts weiter übrig, als das Boot," stöhnte Pilger, als er mit seinen Begleitern wieder die Straße hinauf ging — „darf ich es nehmen, Herr Director?"

„Geht mit Gott!" sagte Sarno, indem er ihm den kleinen Bootschlüssel gab — „Ihr wißt, wo es liegt?"

„Ja wohl — und Segel und Ruder?"

„Hat der Fischer gegenüber — der kann Euch auch wahrscheinlich gleich Leute zum Rudern nachweisen."

Pilger dankte und flog mehr als er ging die Straße hinab und der Landung zu. —

Im Hause der Gräfin Baulen war die kleine Familie mit ihrem Gaste ziemlich spät beim Thee zusammen gewesen, und hatte den Abend, so gut das eben gehen wollte, verplaudert. Herr von Pulteleben erzählte von seiner Familie daheim und dem kleinen Gute, auf dem er erzogen worden, von seinen Plänen und Hoffnungen und seinem

Eifer, etwas Ernstliches zu beginnen, und die Frau Gräfin selber war ihm mit Interesse dabei gefolgt. Nur Oskar langweilte sich; aber er wußte, daß im Wirthshause Ball sei. Allerdings würde ihm seine Mutter nie die Erlaubniß gegeben haben, dem beizuwohnen, deshalb ersparte er ihr das Unangenehme einer Weigerung, verließ unbemerkt das Zimmer und ging eben ohne Erlaubniß.

Herr von Pulteleben erzählte jetzt von seiner Reise und den Abenteuern derselben, und da er wirklich gar Nichts dabei erlebt, wurde die Frau Gräfin endlich müde und schlief ein.

Helene setzte sich auf kurze Zeit an's Clavier, aber ihr Gast war nichts weniger als musikalisch, und da er auch keinen Geschmack an den kleinen, reizenden Liedern fand und sie immer nur — oft mitten in einem Stücke — bat, einen Walzer oder Galopp zu spielen, ermüdete Helene ebenfalls.

Es war Zeit zum Schlafengehen geworden, das Mädchen wurde gerufen, um dem Fremden in sein Zimmer zu leuchten, und Helene ging in das ihrige, stellte das Licht auf den Tisch, stützte den Arm auf das offene Fenster, zu dem der balsamische Duft der Orangenblüthen voll hereinströmte, und schaute träumend in die Nacht und auf die dunklen Conturen der Gebirge hinaus.

Da zuckte sie plötzlich erschreckt empor, denn fast dicht unter ihrem Fenster erklangen wieder die leise klagenden Töne der Violine, die sie schon an jenem Abend so wunderbar ergriffen hatten. Es lag ein solcher Schmelz in der einfachen Melodie, daß es ihr unwillkürlich das Herz ergriff, und sie stand auf, setzte sich auf das Sopha, um von unten aus nicht gesehen zu werden, und horchte mit angehaltenem Athem dem meisterhaften Spiele.

Herr von Pulteleben, der schräg über ihrem Zimmer wohnte, hatte schon sein Licht ausgelöscht und sich eben niedergelegt, als der Spielende unten begann. Er stand wieder auf, lehnte sich in das offen stehende Fenster und hörte eine Weile zu, bis die Töne unten leise verhallten. Jetzt rief er von oben herunter:

„Bravo! Sehr hübsch! Wirklich allerliebst!"

Helene barg die Stirn in ihre Hand; es war wie ein Mißton in diese Harmonie hinein. Der Spielende unten aber schwieg. Sie löschte ihr Licht aus und trat verdeckt ans Fenster, um vielleicht den Schatten seiner hinweggleitenden Gestalt zu sehen, aber Nichts regte sich — dunkel lag die Nacht auf dem Thale, und nur von weit herüber schallten dann und wann, von einem gelegentlichen Luftzuge getragen, die munteren Töne der Violinen und Trompeten herüber, die dem jungen, lustigen Volke von Santa Clara zum Tanze aufspielten.

10.

Eine Familienscene.

Vier Tage waren nach den oben beschriebenen Vorfällen verflossen und die Frau Gräfin hatte an diesem Morgen noch nicht vollständig ihre Toilette beendet, als draußen auf dem Vorsaale schwere Tritte laut wurden, und gleich darauf ein Mann mit Dorothea sprach. Jetzt klopfte diese an die Thür und rief:

„Frau Gräfin, der Meister Spenker ist draußen und wünscht die Frau Gräfin zu sprechen.“

„Soll später wieder kommen,“ lautete die Antwort — „ich bin noch nicht fertig angezogen.“

„Ach, machen Sie keine Umstände, Frau Gräfin,“ sagte der Bäckermeister, der die Antwort gehört hatte — „ich habe meine Frau auch schon oft im Negligé gesehen — bin ja ein verheiratheter Mann und kann nicht so lang von zu Hause fort bleiben. Es giebt jetzt schmählich viel zu thun, denn die vielen neuen Mäuler im Ort wollen doch alle satt werden und Brod haben."

„Aber weshalb kommen Sie denn so früh — ich kann jetzt nicht."

„Früh?" sagte der ehrliche Bäckermeister erstaunt, der seit vier Uhr an der Arbeit war — „es hat eben Elf geschlagen, und bei uns drüben sagen wir nicht einmal mehr „guten Morgen" — es wird gleich zu Mittag gegessen. Wenn Sie aber wollen, kann ich Ihnen hier gleich durch die Thür melden, was mich hergeführt — ich glaubte nur, es wäre Ihnen angenehmer wenn ich Sie allein spräche."

Es entstand eine kleine Pause und der Bäckermeister lächelte leise vor sich hin — endlich sagte die Gräfin von innen heraus:

„Ich komme den Augenblick — gehen Sie in das andere Zimmer."

„Sehr wohl, Frau Gräfin," erwiederte der Meister kopfnickend, und wußte auch ganz genau, in welches, denn er hatte schon sehr viele derartige Conferenzen mit der Dame gehabt. Er brauchte indessen nicht sehr lange zu warten, denn kaum zehn Minuten später ging die Thür auf und Frau Gräfin Baulen, einen großen Shawl umgeschlagen, trat herein und sagte eigentlich viel freundlicher, als man nach der erzwungenen Audienz hätte vermuthen sollen:

„Guten Morgen, Meister! Was wünschen Sie?“

„Guten Morgen, Frau Gräfin — Nichts, als die alte Geschichte, die wir schon einige Mal verhandelt haben; Geld — meine Miethe.“

Die Gräfin warf ungeduldig den Kopf auf die Seite.

„Aber Sie wissen ja doch, daß meine Wechsel, die ich jedenfalls mit dem nächsten Dampfer erwarte, noch nicht angekommen sind — ich habe Ihnen das schon das letzte Mal gesagt, als ich das Vergnügen hatte Sie zu sehen.“

„Bitte,“ sagte der Mann — „ja, und das vorletzte Mal auch, und das vorvorletzte, aber es ist ein merkwürdiges Ding um einen Wechsel, der nie ankommt, wenn er am Nothwendigsten gebraucht wird.“

„Und ist das etwa meine Schuld?“ sagte die Gräfin piquirt.

„Glaube kaum,“ lächelte der Bäckermeister — „nur die Schuld der Leute, die eben keinen schicken wollen.“

„Aber sie **sind** abgeschickt,“ rief die Gräfin ungeduldig, „und können jetzt jede Stunde eintreffen. Sie denken doch nicht etwa, daß ich Ihnen eine Unwahrheit sagen werde?“

„Nein,“ sagte der Bäckermeister kopfschüttelnd — „es wäre wenigstens nicht hübsch, aber damit kommen wir nicht weiter. Das Kurze und Lange von der Sache ist einfach **das**, daß ich nicht länger auf die Wechsel warten kann, und es thut mir leid Ihnen das sagen zu müssen, Frau Gräfin. Ich bin nur ein Handwerker, und was ich brauche, muß ich mir sauer genug verdienen; außerdem habe ich Kinder die versorgt sein wollen, und das kostet, wie Sie ebenfalls recht gut wissen, viel Geld. Deshalb muß ich das Meinige zusammenhalten — Sie sind eine zu vernünftige Frau, um das nicht einzusehen, und ich kann die Milreis nicht hundertweis ausstehen lassen.“

„Aber, lieber Freund, „ich **kann** Sie ja doch nicht eher zahlen, bis mein Wechsel kommt,“ sagte die Gräfin ungeduldig — „was hilft also all das Reden? So nehmen Sie doch nur Vernunft an!“

„Eben **weil** ich lieber auf die Vernunft hören will, als viele Reden machen, bin ich heute Morgen hergekommen,“ sagte der Meister ruhig, „und wollte Ihnen denn nur anzeigen, Frau

Gräfin, daß ich mein Geld in dieser Woche haben muß und will, Wechsel oder keine Wechsel, die mich eigentlich gar Nichts angehen. Ich werde Sie nicht zu sehr drängen und gebe Ihnen noch bis zum Samstag Zeit, das ist aber auch, das schwöre ich Ihnen, der allerletzte Termin, den Sie von mir herausdrücken können; denn die Geschichte spielt jetzt fünfzehn Monate, und ich will mich nicht länger zum .... na, ich meine, ich kann eben nicht länger warten."

„Ich will sehen was in meinen Kräften steht," sagte die Gräfin gleichgültig, und wie es schien, mit dem Wunsche, das Gespräch abzubrechen — „erzwingen läßt sich aber so etwas nicht."

„Oh, doch wohl," fragte Meister Spenker, den die vornehme Gleichgültigkeit zu ärgern anfing — „es läßt sich auch erzwingen, Frau Gräfin, wenn es mir auch sehr leid thun sollte, etwas Derartiges zu thun. Der ganze Ort ist jetzt voll Leute, die Logis suchen, und eine solche Wohnung, wie das Haus hier, mit Vergnügen noch höher als Sie und gleich baar bezahlen würden; überall fragen sie an, ob nichts Derartiges zu bekommen sei. Außerdem haben Sie selber schon einen Aftermiether in's Haus genommen, der Sie doch auch bezahlt, und ich sehe gar nicht ein, weshalb ich das nicht selber verdienen und sonst Nichts auf der Welt davon haben soll, wie leere Versprechungen."

„Der Herr," sagte die Gräfin doch etwas verlegen, „ist — ein Verwandter von mir, und zahlt mir also keine Miethe."

„Na, das geht mich Nichts an," sagte der Bäcker, „ob er Ihnen Etwas zahlt. Wenn er bei mir wohnte, würde er zahlen. Also Nichts für ungut, aber wenn ich bis Samstag mein Geld nicht bekomme, so muß ich Sie, so leid mir das thun sollte, auf die Straße setzen und mich an dem schadlos halten, was Sie mir für meine zweihundert Milreis an Pferden oder Möbeln zurücklassen können."

„Herr Spenker," rief die Gräfin auffahrend, „eine solche Sprache verbitte ich mir! Wenn Sie sich in Ihrem Rechte gekränkt glauben, so wenden Sie sich an die Gerichte, und wir wollen dann sehen, ob mir nicht jeder Kaufmann selbst bezeugen muß, daß in einem solchen Winkel der Erde, wie wir ihn hier bewohnen, die Ankunft eines Wechsels verzögert werden kann — aber so lange Sie in meiner Stube sind, vergessen Sie nicht die mir schuldige Achtung."

„Ach was," sagte der Mann mürrisch — „Sie vergessen auch immer die mir schuldigen zweihundert Milreis, und mit dem vornehm — aber wir wollen uns nicht zanken," brach er kurz ab, „deshalb bin ich nicht hergekommen. Ich mag mit keinem Menschen Streit haben, am wenigsten mit meinen Miethsleuten — so weit's eben geht — also nochmals, Nichts für ungut, Frau Gräfin, und sorgen Sie dafür, daß wir die Sache am Samstag in's Klare kriegen, sonst läßt sich's eben nicht länger vermeiden und müßte Ihnen doch fatal sein. Wünsche Ihnen einen recht angenehmen Morgen" — und mit einer kurzen Verbeugung und einer Schwenkung des rechten Armes drehte er sich um und stieg langsam wieder die Treppe hinunter.

Die Gräfin hatte seinen Gruß sehr kalt erwiedert und blieb, als er schon lange das Zimmer verlassen, noch immer in finsterem Brüten auf derselben Stelle stehen. Sie hatte die Arme gekreuzt und starrte nieder vor sich auf den Boden, als die eine Seitenthür aufging und Helene eintrat.

Sie ging still an der Mutter vorüber zu dem nächsten Fenster, wo ein Buch lag, das sie nahm und aufschlug — aber sie las nicht darin. Ihre Blicke hafteten wohl auf dem Drucke, doch ihre

Gedanken schweiften zu anderen Scenen, als den hier geschilderten. Endlich sagte sie leise:

„Und was soll nun werden?“

Die Mutter schrak ordentlich bei der Frage empor, die nur das in Worten aussprach, worüber sie selber eben erst nachgedacht.

„Du hast gehört, was der Mensch sagte?“ fragte sie, ohne ihre Stellung zu verändern.

„Ja.“

„Alles?“

„Jedes Wort — aber Dein Wechsel muß jetzt kommen; der Dampfer ist schon seit vier Tagen fällig und bleibt nur in seltenen Fällen über diese Zeit.“

„Und wenn er kommt?“ erwiederte die Gräfin mit einem bittern Lächeln, „was dann? Ja, ich bin mit den wenigen Hundert Thalern im Stande, unsere Hauptschulden zu decken, aber wovon weiter leben? Helene, Helene, Dein starrer Sinn wird uns noch theuer zu stehen kommen!“

„Mein starrer Sinn?“ fuhr die Tochter auf; „etwa deshalb, weil ich nicht auf die Anträge jenes schurkischen Portugiesen hören wollte, der mir seine Hand anbot? Hast Du nicht jetzt selber den Beweis, was für eine gemeine Creatur es war, wo er die Frau des Schuhmachers entführte, als er die Grafentochter nicht bekommen konnte? Der Mensch war als ein Wüstling in der ganzen Stadt bekannt und verachtet, und Du, Mutter, Du konntest mir zu einer Verbindung mit ihm rathen, ja, wirfst mir jetzt noch meinen Starrsinn vor!"

Helene stand mit leuchtenden Augen ihrer Mutter gegenüber und die Frau schlug fast scheu den Blick vor ihr zu Boden.

„Du denkst nur an Dich," sagte sie aber trotzdem, wenn auch nur mit halblauter Stimme — „was aus Deiner Mutter wird, kümmert Dich nicht."

„Und hab' ich den Vorwurf wirklich von Dir verdient?" erwiederte Helene, und ein eigener wehmüthiger Zug zuckte um ihre Lippen — „hab' ich ihn auch da verdient, als ich des wackeren Vollrath Bewerbung ausschlug, der mich mit einem gebrochenen Herzen verließ und dessen ganze Liebe ich besaß? Dachte ich auch da nur an mich, wo ich im Stande war, mir eine bescheidene Heimath zu gründen, aber Dich auch hätte hülflos zurücklassen oder in Verhältnisse hineinziehen müssen, von denen ich vorher wußte, daß Du Dich darin unglücklich gefühlt und Vollrath unglücklich gemacht hättest?"

„Nein — nein — ich weiß, Du bist ein gutes,

vernünftiges Kind," sagte die alte Gräfin, von dem Vorwurfe getroffen — „ich war vielleicht zu hart gegen Dich, aber — sollte die Zeit kommen, wo Du Dich gut versorgen kannst, so bedenke auch, daß Du — nicht zu lange damit säumen darfst. Unsere Stellung hier wird mit jedem Monate unhaltbarer, wenn nicht bald Etwas geschieht, der Sache eine andere Wendung zu geben."

„Und was könnte geschehen?" sagte Helene, und ein ganz eigenes wehes Gefühl beengte ihr die Brust.

„Ich habe doch jetzt Hoffnung," sagte ihre Mutter, „daß sich mein Plan noch wird realisiren lassen."

„Du meinst mit der Cigarren-Fabrik?"

„Ja."

„Und glaubst Du wirklich, daß Etwas dabei gewonnen werden kann?"

„Wenn es richtig angefaßt wird, gewiß."

„Aber wirst Du im Stande sein das zu thun? Gehören nicht zu einem solchen Geschäfte praktische Erfahrungen?"

„Liebes Kind, glaubst Du nicht, daß ich mir in meinem Leben Menschenkenntnisse genug gesammelt habe, auch mit Menschen umzugehen?"

„Aber das ist eine Sache, wo Du weniger

Menschen= wie Waarenkenntnisse brauchst, und wie leicht kannst Du darin betrogen werden."

„Waarenkenntnisse, Du lieber Gott!" sagte die Gräfin; „das Material ist so einfach, daß sich das gewiß in wenigen Monaten vollständig erlernen läßt. Aber weißt Du selber etwas Besseres?"

„Ich? Du mein Himmel!" seufzte Helene — „wie sollte ich Dir rathen können, der noch nie verstattet wurde, in das praktische Leben der Menschen einzugreifen, ja, sie nur bei demselben zu beobachten? Lange schon hätte ich Unterricht im Französischen und Englischen gegeben, um mich nur in Etwas nützlich zu machen, aber selbst das hast Du mir ja nicht einmal gestattet."

„Weil es sich mit unserer Stellung nicht verträgt," sagte die Gräfin finster — „mit welchem Gesicht hätte ich nur dem Baron entgegentreten können, wenn die „Comtesse" den Bäcker= oder Schusterskindern da drüben Unterricht gegeben hätte? — Das verstehst Du nicht, Kind."

„Und Cigarren machen für Bäcker und Schuster?" sagte das junge Mädchen traurig.

„Das ist etwas ganz Anderes, wir lassen sie machen," erwiederte die Gräfin rasch — „wir leiten nur die Fabrikation, und wenn wir selber „zum

Spaße" dann und wann und auf unserer Stube ebenfalls arbeiten, so ist das etwas ganz Anderes. Auch Damen der höchsten Stände in Europa haben zu ihrer Unterhaltung Handarbeiten betrieben, Blumen, Pappsachen, Verzierungen auf Glas- und Holzwaaren und tausend andere Dinge gemacht. Wir hier brauchen solche Sachen nicht, und wenn wir dafür Cigarren machen, kann Niemand etwas Ungehöriges darin sehen. Selbst der Baron fand das in der Ordnung."

„So hast Du schon mit ihm darüber gesprochen?"

„Ja," sagte die Gräfin nach einigem Zögern — „vor mehreren Tagen kam einmal das Gespräch darauf."

„Und wird er sich dabei betheiligen?" fragte Helene schnell.

„Nein," erwiederte die Gräfin wieder zögernd; „der Mann war stets zu unpraktisch. Er hat nicht den geringsten Sinn für ein wirklich nutzbringendes Unternehmen, und da ist es auch viel besser, daß man gar nicht mit ihm beginnt; man hätte sonst ewig nur Klagen und Vorwürfe zu hören."

„Und wer sonst — meinst Du — würde auf einen solchen Plan eingehen?" fragte die Tochter und sah ihre Mutter scharf dabei an.

Die Gräfin hatte sich halb abgewendet und beschäftigte sich an ihrem Nähtische damit, ein aufgerolltes Knäuel schwarzer Seide wieder in Ordnung zu bringen.

„Ich glaube," sagte sie, und wandte dabei den Kopf lächelnd der Tochter zu — „der Himmel selber hat uns einen Bundesgenossen gesandt, der am Ende der rechte Mann dazu sein dürfte."

„Unser Gast?"

„Derselbe. Er wünscht sehnlichst, wie er mir wieder und wieder gesagt hat, irgend Etwas in Brasilien zu beginnen, wodurch er nicht allein eine Beschäftigung findet, sondern auch Geld verdienen kann, und ich denke fast, daß mein Plan für alle Beide von Nutzen sein könnte. Meinst Du nicht?"

„Und glaubst Du wirklich, Mama, daß mit dieser Arbeit etwas Ordentliches verdient werden könnte? Ich kann es mir noch immer nicht denken."

„Aber würde ich es denn sonst beginnen?"

„Ich weiß nicht," sagte Helene, „es ist mir ein Gefühl, als ob wir der Sache keinen rechten Ernst entgegen bringen könnten — als ob eigentlich andere Kräfte dazu gehören müßten, etwas Aehnliches zu beginnen."

„Aber ich begreife Dich gar nicht."

„Und wie wird sich Oskar hinein finden?"

„Wie ihn die Nothwendigkeit zwingt," sagte die Gräfin entschieden. „Ich habe seinem Leichtsinn jetzt lange genug nachgesehen, aber meine Kräfte sind erschöpft. Ich bin nicht mehr im Stande, sein müssiges Leben zu unterstützen, und er muß eben arbeiten, wenn er existiren will. Dafür sind wir nun einmal in Brasilien."

„Er wird schwer an eine regelmäßige Beschäftigung zu gewöhnen sein," seufzte Helene; „es ist ihm zu viel die ganzen langen Jahre hindurch nachgesehen worden."

„Das muß eben anders werden," sagte die Gräfin, „und ich habe die feste Hoffnung, daß er das selber fühlt, indem er schon sein Reitpferd verkauft hat. Das Geld dafür ist allerdings nur ein sehr kleines Capital, aber es ist immer ein Capital und kann auf weit nützlichere Weise verwandt werden."

Ein lauter, jubelnder Ruf von der Straße aus unterbrach sie hier, und als Beide an das Fenster traten, sahen sie, wie Oskar eben einen sehr hübschen Rappen, der unter ihm sprang und tanzte, gerade vor dem Fenster parirte und ihn auf und ab galoppiren ließ.

„Da hast Du die Anlage des neuen Capitals," sagte Helene ruhig — „ich kenne das Pferd; es hat früher dem Director gehört und ist von ihm um 160 Milreis verkauft worden. Billiger hat es Oskar auf keinen Fall bekommen, und wahrscheinlich noch Sattel und Zaum besonders bezahlt. Das sind die neuen Ersparnisse."

„Ich will doch nicht hoffen!" rief die Gräfin, wirklich erschreckt. Oskar aber war indessen aus dem Sattel gesprungen, hatte sein Pferd, das noch ungeduldig den Boden scharrte, an den Baum unten befestigt und kam jetzt mit flüchtigen Sätzen die Treppe herauf und in's Zimmer.

„Nun, wie gefällt Euch mein neues Pferd?" rief er hier triumphirend aus — „nicht wahr, das ist ein Prachtrappe? Jetzt, Helene, wollen wir wieder einmal zusammen reiten, und Du sollst sehen, wie ich Dir mit dem da unten davon laufe. So wie Jeremias kommt, soll er Deinen Schimmel satteln, und dann können wir's gleich versuchen."

„Und das Pferd hast Du gekauft?" fragte die Mutter erschreckt.

„Nun, glaubst Du, daß es mir Jemand geschenkt hätte?" lachte Oskar — „aber es ist spottbillig. Denke Dir, Helene, ich habe nur sechszig Milreis mehr dafür gezahlt, wie ich für meinen Braunen bekommen habe — sechszig Milreis und Sattel und Zaum dazu, für das Prac thier! Es ist der beste Renner in der Colonie — aber was habt Ihr denn nur um Gottes Willen? Ihr steht ja Beide da, als ob irgend ein Unglück geschehen wäre!“

Die Gräfin hatte sich auf den nächsten Stuhl gesetzt und seufzte tief auf, Helene aber sagte ruhig:

„Und wovon willst Du diese sechszig Milreis bezahlen, wenn man fragen darf?

„Fragen darf?“ sagte Oskar trotzig — „fragen darf man schon, aber wenn ich Dir nun antworte: Was geht Dich das an?“

„Und wenn ich Dich nun frage, mein Herr Leichtfuß?“ rief die Gräfin, indem sie mit zusammengezogenen Brauen zu ihm aufsah; „ich hoffe doch, daß ich wenigstens das Recht dazu habe.“

„Allerdings, Mama,“ lachte Oskar, „denn Du bist ja mein Cassirer — dann werde ich Dir also einfach antworten, das macht Alles meine gütige Mutter ab.“

„Und darin könntest Du Dich dieses Mal verrechnet haben!“ rief die Gräfin rasch und ärgerlich; „Deine Verschwendung geht in das Bodenlose, und ich habe nicht länger Lust, mich Deinethalben nur immer in neue Sorgen und Verlegenheiten zu stürzen."

„Huih!" sagte Oskar, erstaunt von Mutter zu Schwester und wieder zurücksehend — „da bin ich ja, wie es scheint, zu sehr unrechter Zeit in eine Familienberathung über Wirthschaftsangelegenheiten hineingekommen, wo aller Wahrscheinlichkeit nach ein neuer Hausplan entworfen wird. Bitte tausendmal um Entschuldigung daß ich gestört habe" — und seine Mütze aufgreifend, sprang er, so rasch er gekommen, die Treppe wieder hinab, machte unten sein Pferd los, setzte sich auf und galoppirte im nächsten Momente wieder in voller Flucht und was das Pferd laufen konnte, die Straße hinab.

„Das muß anders werden," seufzte die Mutter, „das muß anders werden oder der Junge richtet uns vollständig zu Grunde!"

„Noch vollständiger?" sagte Helene, und ein bitteres Lächeln zuckte um ihre Lippen.

„Die einzige Möglichkeit," fuhr die Mutter fort, „ist, ihn durch eine regelmäßige Beschäftigung zu binden. Er soll und muß erst einmal lernen, was es heißt sich sein Brod selber zu verdienen. Hat er das, dann wird er auch das Geld mehr zu Rathe halten — er wird geizig werden und sparen — Du glaubst es nicht? Du sollst sehen, ich bringe ihn noch dahin, daß er ein Zwanzigerstück dreimal in der Hand herumdreht, ehe er es ausgiebt."

„Und wann soll diese Arbeit beginnen?" fragte Helene, die nur zu oft schon die guten Vorsätze ihrer Mutter, was die Erziehung des Bruders betraf, hatte anhören müssen und ihre vollkommene Gehaltlosigkeit zur Genüge kannte.

„Ich will heute noch mit Herrn von Pulteleben sprechen," sagte die Gräfin, selber gern bereit, das trostlose Thema abzubrechen; „er hat mich ja sogar dringend gebeten, ihm eine Anlage für ein Capital zu rathen; ich bin es ihm sogar schuldig, daß ich ihn von unserm Plan in Kenntniß setze, und ich zweifle keinen Augenblick, er wird mit Freuden zugreifen. Wäre er doch auch ein Thor, wenn er es nicht thäte, denn nicht jedem jungen Fremden wird eine solche Aussicht geboten, wie er nur kaum das fremde Land betreten hat."

„Es ist gut," seufzte Helene, „gehe nur um Gottes willen sicher in der Ausführung, daß der Fremde nicht später glauben könnte, Du habest nur sein Geld zu Deinen Zwecken benutzt; es wäre fürchterlich, wenn es fehl schlüge."

„Es schlägt nicht fehl, Helene, oder ich müßte

zum ersten Mal in meinem Leben in — doch es ist nicht nöthig, Weiteres darüber voraus zu bereden. Laß mich jetzt allein, mein Kind, ich werde das Mädchen hinauf schicken und unsern Gast ersuchen lassen, zu mir zu kommen. In einer Stunde ist Alles abgemacht. Noch Eins," fuhr sie fort, als sich Helene schweigend wandte, um ihr eigenes Zimmer aufzusuchen — „wer ist denn jener unverdrossene Violinspieler, der Dir fast jeden Abend ein kurzes Ständchen bringt?

„Gott weiß es!" sagte Helene achselzuckend — ich wenigstens kenne ihn nicht. Er spielt übrigens vortrefflich!"

„Von den Neuangekommenen kann es Niemand sein, denn wenn ich nicht irre, war er schon den Abend vorher unter Deinem Fenster. Er muß also jedenfalls in die Ansiedelung gehören."

„Möglich."

„Und hat Dir Niemand hier besondere Aufmerksamkeit erwiesen?"

„Niemand."

„Sonderbar — Oskar, der Uebermuth, hat sich neulich um den Garten geschlichen, um den nächtlichen Musikanten zu entdecken, aber ich weiß nicht, was ihm geschehen sein muß, denn er kam ganz still wieder zurück und sagte, er hätte ihn nicht gefunden, was eigentlich kaum möglich ist. Diese Aufmerksamkeit fängt an, mir lästig zu werden; ich werde sie mir nächstens einmal verbitten."

Helene antwortete nicht, sondern nahm ihr Buch auf und schritt ihrem eigenen Zimmer zu.

Ende des ersten Bandes.

CPSIA information can be obtained
at www.ICGtesting.com
Printed in the USA
LVHW040025180422
716440LV00005B/424

9 783752 597325